三千圓的用法

三千円の使いかた

你的人生取決於你怎麼用這筆小錢

原田比香——著
葉廷昭——譯

本書出版時，日幣兌台幣約一：〇·二二，三千圓約台幣六百六十元。

目次

第一話

三千圓的用法

如何使用三千圓，將決定你的人生。奶奶這麼說道。

咦？三千圓決定人生？奶奶在說什麼？

還只是中學生的御廚美帆，抬起頭反問奶奶這句話是什麼意思，不再盯著手中的書。

「三千圓決定人生？什麼意思啊？」

「就是字面上的意思。人生會是什麼模樣，取決於你用這筆小錢挑什麼、買什麼、做什麼。」

奶奶住的地方不遠，美帆跑來奶奶家玩，一個人縮在房間角落讀《清秀佳人》，奶奶則坐在餐桌邊喝茶。

美帆不太懂。

看到美帆困惑的表情，奶奶哈哈大笑。

「打個比方，你那本書什麼時候買的？」

「奶奶之前給我壓歲錢，我用壓歲錢買的。」

今年奶奶給美帆的壓歲錢正好是三千圓。美帆跟朋友吃了幾次麥當勞，買下這本書以後就全花光了。吃麥當勞和買書她都不後悔，跟朋友一起去吃東西聊天很開心，

《清秀佳人》她也反覆讀了三遍，每次讀都有新的樂趣。因此，她不認爲這是亂花錢，但錢好像一下就花光，每個月的零用錢也是如此。

「美帆，你拿到的零用錢有記帳嗎？」

「我零用錢又不多，根本不需要記帳啊。」

美帆每個月的零用錢才五百圓，一樣是跟朋友去吃麥當勞，或者是買書花掉。有時候不夠用，還會跟父母多要一點。

奶奶搖搖頭，似乎對小孫女的反應不意外。

「那你姊姊用壓歲錢買了什麼？」

「嗯，我想想喔。媽媽帶她去百貨公司，她用壓歲錢買了一個漆皮的粉紅色錢包。聽說壓歲錢不夠用，還貼了一些零用錢。」

姊姊已經念高中了，奶奶給的壓歲錢一樣是三千圓。粉紅色錢包兼具可愛和成熟的風采，姊姊很期待校外教學的時候能帶上它。

「美帆你是買書和吃麥當勞花掉的，眞帆是買粉紅色錢包，這不就凸顯出你們的個性了嗎？」

「因爲我喜歡書，姊姊喜歡可愛的東西，這跟個性沒關係吧。」

美帆不認同奶奶的說法，但奶奶只是告訴她，再過不久她就會明白這個道理了。

可是，美帆不理解，也不太認同這個道理。她的人生才剛開始，根本無法體會這些小小的選擇，會如何左右自己的人生。

「奶奶，你好像瑪莉拉*喔。」

「什麼意思啊？」

「沒有啦。」

也不知道怎麼搞的，美帆突然想起了那段往事。

她站在生活雜貨店的貨架前，挑選架上的茶壺。突如其來的念頭讓她吃了一驚，差點拿不穩手中的茶壺。

半年前，她搬出去獨自生活，家中一直沒有茶壺，平常都是用茶包泡紅茶，或是趁通勤時去便利商店買。

她挑了好久，打算買一個簡單的玻璃壺就好，價格正好三千圓。這樣泡花草茶時，就能欣賞壺中的花草和茶水，泡綠茶也看得到漂亮的茶色。況且，家中的裝潢和家具大多是白色的，跟玻璃壺也挺相襯。

她試著回想姊姊眞帆是用哪種茶壺。姊姊大她五歲，結婚生小孩了。沒記錯的話，姊姊是用琺瑯材質的咖啡壺，平常也會拿來燒開水。姊姊好像是在一個主婦網紅的ＩＧ上看到的，那個網紅專門教人省錢妙招，偏偏推薦的咖啡壺並不便宜，姊姊還是省吃儉用才買下來的。美帆想起姊姊洗咖啡壺的動作很輕柔，生怕傷到上面的琺瑯。貴是貴了一點，但也才三千九百八十圓。

美帆又想起了老家的茶壺。母親是用北歐的高級茶壺，是母親的好友送她的生日禮物，兩個人從大學時代就是好姊妹。母親愛看女性雜誌，生活中更是少不了美食和流行事物，大概是年輕時經歷過泡沫經濟的關係吧。

至於奶奶，她有兩款茶壺，一款是皇家哥本哈根的藍白瓷壺，另一款是旅行時買的日式茶壺，同樣出自名家。這兩款高級茶壺，三千圓應該都買不到吧。不過，兩款茶壺都用了好多年，算起來一年不到三千圓。只要一提起奶奶，美帆就會想起奶奶用那兩款茶壺泡茶的模樣，那兩款茶壺眞的融入了奶奶的生活中。

的確，從用錢的方式能看出一個人的個性。

＊清秀佳人中的角色，個性嚴謹，不苟顏笑。

轉念及此，美帆把手中的玻璃壺放了回去。看出物品和人的關係後，反而不曉得那樣東西是否眞的適合自己。

那個透明、易碎的玻璃壺，眞的適合自己嗎？

美帆這幾年的目標很單純，不外乎大學順利畢業，找到工作，搬出老家，獨自生活。

她在一家中等規模的科技公司上班，地點位於西新宿。在科技業多少都要賣肝，上司的想法還算前衛，但掌管公司的社長和高階主管，都是食古不化的老屁股。公司剛起步時，只是某電信集團的子公司，大約在十年前自立門戶，連公司名字都改了。好在還有政府和公益企業的訂單，營運十分穩定。美帆大學時嚮往的職業可不少，也猶豫該找哪一種工作比較好。她喜歡這家公司的原因是，這裡有科技公司該有的衝勁，福利制度也很不錯。

工作一年左右，她就在祐天寺租了間套房。

美帆從以前就想過一個人的生活。老家位在東十条，走去十条車站只要十分鐘，因此，她一直想到東京的西區住看看。

租屋處位在恬靜的住宅區，她很喜歡這裡的環境。騎腳踏車五分鐘就能到中目黑，附近還有知名的藍瓶咖啡館。房租含管理費每個月九萬八千圓，雖然有點貴，但東京的西區差不多都是這個價位。再者，建築物本身很新，五坪大還附廚房，房東也說這是稀有物件。

換句話說，美帆對目前的生活很滿意。

她一直是個有夢想的人，也勇於實踐自己的夢想，無論升學或找工作都是如此。至少，到小田街繪被解雇的那一天，都是如此。

街繪小姐四十四歲，美帆剛進公司時就是她帶的。

人很優秀，個性又溫柔，工作能力也是一流的。這樣的人做事通常都比較躁進，但街繪小姐不一樣，就像一個端莊的少女，長大後依舊很有氣質。

事實上，街繪小姐的出身也確實很好。有一次，美帆受邀去她家作客。街繪小姐的老家在杉並區，是座古色古香的宅院，外邊有很高的圍牆，庭院還有蒼翠的大樹。母女兩人就在這座宅院裡生活。

美帆到的時候，按下門邊老舊的電鈴，街繪小姐和嬌小的母親一起開門相迎。

街繪小姐的母親年過三十五才生下這麼一個女兒，這在當年算罕見，所以街繪小姐的母親年紀也大了。

「這房子也舊了，其實問題還挺多的呢。」

美帆稱讚這座宅院很氣派，街繪小姐這麼回應，她不是謙虛，而是眞的很困擾的模樣。那天，街繪小姐身穿茶色格紋衫，配上茶色毛衣和長裙。她上班時就常這麼穿，如果要參加會議或接待客人，會再加件藍色外套。據說街繪小姐加入公司以來，就一直是這種穿搭風格，從沒變過。她是眞的不關心流行趨勢，美帆有些難以置信。

「我父親走得早，家裡就我一個小孩。」

美帆一眼就看出來，這座宅院裡只有她們母女兩人相依爲命。

來到客廳，裡頭放著一組白色沙發。

「媽，這是美帆小姐帶來的。」

「哎呀，眞不好意思。」

那是美帆去中目黑買來的起司蛋糕，廚房傳來母女倆暗自道謝的聲音。美帆心想，街繪小姐眞的是一名千金。

「拿客人的伴手禮來招待實在不好意思，不過難得有這個機會，大家就一起享用吧。」

「二位請隨意！」美帆不由自主地拉高音量回話。以前還住在十条的老家時，她也常有機會去別人家作客，主人顧慮到客人的觀感，當客人的也該客隨主便，這才是爲客之道。只是跑到別人家裡作客，卻發出這麼大的音量，似乎不太得體，美帆有些害臊。

母女兩人笑咪咪地端出茶水，杯子是老舊的國產茶杯，上面還有小朵的玫瑰花紋。旁邊放著美帆買來的蛋糕，以及日式點心。

「這點心是我母親做的。」

街繪小姐有點不好意思，說話時臉都紅了。

「這個啊，是我用新年吃剩的年糕做的。」

街繪小姐的母親也有些害臊。

「我們跟一家和菓子店的老闆也算舊識，那老闆每年都會幫我們準備大塊的年糕。我跟街繪兩人吃不完，又不好意思叫人家做小一點。」

「兩家認識很久了嘛。」

街繪小姐也在一旁答腔。

「所以我們就自己做成點心了。」

「美帆小姐您準備了這麼棒的蛋糕，我這點手藝端出來怪不好意思的。」

「千萬別這麼說，點心很好吃！」

年糕先用油炸過，再撒一點砂糖，美帆是第一次吃，卻有種懷念的感覺。而且吃起來完全不膩口，肯定是用好的油細心調理過吧。

「每次有客人來，我也只端得出這道來招待客人。」

「我奶奶也很擅長醃白菜，每次做完就急著跟人分享呢。」

「哎呀，眞羨慕，我就不會做醬菜。」

看著這對母女靠在一起歡笑的模樣，美帆想起了公司裡那些男性職員。他們在背地裡說街繪小姐是老處女，美帆恨不得把這些人都做成串燒。街繪小姐是部下仰賴的對象，也深受上司的青睞，當然也免不了成爲小人嘲弄的對象。

今年春天，街繪小姐中風倒下。好在並不嚴重，又是在自家發病，沒有延誤就醫。經過一個多月的住院治療和復健，就回公司上班了。剛回來時也只是走路不太靈活，過幾個月就幾乎看不出來了。但公司還是讓街繪小姐準時下班，不用跟大家一起加班。上司和同事都勸她要好好休養，美帆也說過同樣的話。街繪小姐感謝上司和同事的體諒，繼續努力復健。

美帆非常感動，覺得這眞是一家好公司，大家都好溫柔，當初果然沒做錯決定。

不料到了秋天，公司發布大規模的裁員令，街繪小姐首當其衝，很快就離職了。

街繪小姐離開後，美帆發現自己變得不太對勁。

當她工作的時候、吃飯的時候，或者開會的時候，經常會觸景傷情，想起跟街繪小姐有關的一切。

例如街繪小姐說過的話、街繪小姐的教導，還有她的一顰一笑。

街繪小姐和她那嬌小、婉約的母親，如今在那座宅院裡過著怎樣的生活呢？想到這，美帆就好難過。

街繪小姐被裁員，主要有幾個原因。首先，她中風後出勤時數大不如前，考評也不太好。其次，她單身沒有小孩要養，母親名下還有一棟大宅院，對公司來說，這樣的人比較好裁員（全公司都知道她是千金，還住在杉並區）。另一個可能的原因是，街繪小姐在公司待得夠久，又有大學文憑，雖然沒有身居要職，薪水也比其他人高。

但是，任何人都不該被當成「比較好裁員」的對象吧？

之前去街繪小姐家作客，雖然她母親看上去還算硬朗，但也到了需要看護照顧的年紀。而且大家心知肚明，年過四十的街繪小姐很難再找到工作了。

街繪小姐離開的隔天，那張空蕩蕩的辦公桌就擺在美帆對面。看著那張辦公桌，總覺得一切充滿了不確定性，彷彿自己腳下土崩瓦解，所有的自信和安心感也蕩然無存。

課長、組長和同事，一到休息時間就聊高爾夫球，有說有笑地在那裡比劃揮桿動作。美帆很感慨，他們對街繪小姐被裁員沒有任何感覺，日子還是一樣得過且過。

她不能理解，爲什麼只有自己一個受到打擊！

然而，她自問能否替街繪小姐做點什麼，她也沉默了。

街繪小姐被列在裁員名單上時，她不敢跳出來當替死鬼。她明知道自己還年輕，只要肯花一點時間，絕對比街繪小姐更容易找到新工作，但她也不敢這麼做。

公司害她如此自責，她開始痛恨這家公司。

年關將近，到了辦尾牙的時期。

當然，美帆服務的公司每年也會辦尾牙。部長和兩百多名職員都會參加，散場後，部門還會各自辦續攤酒會。安排尾牙和續攤酒會的，都是新進員工或菜鳥職員。

年底工作量本來就大，那些二十出頭的員工還要準備尾牙，眞的會去掉半條命。

美帆去年也很辛苦，好在有街繪小姐幫忙，才能度過難關。

所有前輩當中，只有街繪小姐願意分憂解難。街繪小姐每年都暗中幫新進員工，協助他們處理還不習慣的大型活動。新人來求教，她一定知無不言，最後還會幫忙打點細節，以免出什麼紕漏。

想起那段往事，美帆就控制不了自己的情緒，眼淚也差點掉下來，幾乎沒心情做準備工作。如果去年沒有街繪小姐幫忙，她一定過不了這個大難關。她衷心感謝街繪小姐的教導，並盡自己所能幫助後輩。

到了尾牙當天，頭一關餐會順利結束了，續攤則是去唱卡拉ＯＫ。

他們預約了可容納整個部門的大包廂。上司們明明很想開唱，卻又故作姿態，不肯拿麥克風，美帆只好先點一首對唱歌曲，和組長合唱，活絡現場氣氛。

之後，大伙總算踴躍開唱，美帆也鬆了口氣，找個角落位子坐下來。尾牙上，她忙著替上司倒酒，還要幫忙煮火鍋，根本沒吃到東西。現在終於有機會喘口氣，吃些冷掉的披薩和薯條。食物才剛放進口中，就聽到一旁傳來低俗不堪的話題。

「所以咧？南山部長到底有沒有上過她？」

美帆沒聽到完整的對話，但她一聽就知道，旁邊的同事正用不堪入耳的低級口吻談論別人的是非。

「怎麼可能吃得下去啦？至少部長是這樣講的，部長沒那麼飢不擇食吧？」

美帆又聽到那些人的竊笑聲。她偷瞄一眼聲音傳來的方向，五、六個上司圍在角落交頭接耳。

南山部長本人正在引吭高歌，那些人就看著部長唱歌，一邊喝酒一邊聊八卦。

「所以街繪小姐還是處女就對了？」

「不然咧。」

美帆聽出他們在談論街繪小姐，頓時手腳冰冷、面無血色。

「什麼嘛，我聽說她是南山部長的女人，對她還特別客氣呢。」

「就說不是了。之前她被裁員時，南山部長也沒保她啊。」

「原來是這樣。」

「搞不好就是有這種傳聞，部長才不敢保她吧。」

「反正啦，她就是仗著有人挺才敢這麼頤指氣使，這一點是事實。」

「她變得這麼勢利，在外面一定很難生存下去。」

齊藤課長講話時，還裝出一副語重心長的模樣。齊藤課長比街繪小姐早兩年進公司，算是她的前輩。

「稍微有點工作能力，得到上面的器重，就自以為了不起。等她去其他公司就知道，沒這麼好的事啦。」

這些人假同情之名，行批判之實，還講得自己很正派一樣。

「這樣看來，是我們公司害她了。」

組長比街繪小姐年輕，也是一副自以為看透世情的嘴臉。

還有人嫌棄街繪小姐，說她根本自作自受。

美帆受不了，衝去廁所，大概是一下子吃太多的關係吧，反胃的感覺一發不可收拾，剛才吃的東西全吐出來了。

「感覺好多事情都沒有意義。」

聽完美帆說的話，長谷川大樹放下手中的咖啡歐蕾。

大樹是美帆的男友，年前兩人都很忙，已經好一陣子沒見了。難得見面，美帆把這陣子的遭遇和感想都說出來了。

「想到街繪小姐這樣爲公司盡心盡力，卻被嫌棄得要死，替公司賣命到底有什麼意義。」

大樹思前想後，慎選答覆的言詞。

「思考工作和人生的意義，是在自討沒趣。也不是只有我們年輕人這樣，我想公司裡那些老人也是一樣吧。」

「是嗎？」

「我的意思是，大家都只是渺小的凡人。所以啊，那些老人才會拚命嚼舌根，大家都很不安，只好迎合別人。眞正重要的是能認清這點，你願意正視自己的軟弱和渺小，我覺得很了不起。」

大樹從以前就是這種個性，溫柔體貼，又懂得安慰人。美帆只是外表剛毅，內心其實非常脆弱，大樹知道怎麼鼓舞她。

這也是美帆喜歡大樹的原因。

「況且，那些老人講的也算有道理。」

「咦？」

美帆感受著久違的溫柔，感動還沒褪去，就颳起一道寒風。

「也許那個街繪小姐私底下眞的有不好的一面，純粹是你不知道罷了。」

「才沒有，街繪小姐跟那些人不一樣。那我問你，假如你在公司也碰到這種傳聞，你會怎麼做？」

「這個嘛，頂多一笑置之，我不會聽進去，也不會主動澄清什麼。流言蜚語這種東西，也算是公司的必要之惡。尤其是那些沒機會出人頭地的女人，講一些她們的閒話又不會怎樣，沒什麼好困擾的啊。」

提到出人頭地這四個字，美帆覺得大樹的表情突然變得好老氣。

「你講話眞過分。」

「你應該這樣想，那些人說的話，眞的很過分嗎？」

美帆再次受到打擊，好像被賞了一耳光。雖然打擊不大，但確實留下陰影。

「我知道你很欣賞那個街繪小姐，可是她的工作，說穿了就是協調公司內部的運作，對吧？聽你的講法，她的工作和公司的獲利也沒有太大關係，這樣眞的稱得上工作能力強嗎？我們公司也有那種女人，能力不怎麼樣，仗著自己待得久就拿翹。老實說，我也看不順眼。大家認爲那種人可有可無，也算情有可原吧。過去經濟大好的年代，養那種員工還沒話說，現在企業已經沒有餘力這麼做了。」

養那種員工……聽到大樹的說法，美帆心都涼了。

「總之，這都無可奈何啦，你也沒辦法怎麼樣。」

最後這句話更是椎心。

「所以你的意思是，我一直努力工作，最後落得那樣下場，也是無可奈何就對了？」

「美帆你不會變那樣啦。你早晚要結婚，等你懷孕也是要辭掉工作啊。」

咦？結婚？什麼意思？

這些話要是在不同的時間、場合說出來，美帆一定會心動，但她當下完全沒有心動可言。美帆訝異地看著大樹，大樹轉移視線，避開美帆的目光。

「我不是抱著玩玩的心態工作的。況且，現在的人結婚生子，也是繼續在職場上打拚啊。」

原來大樹是這麼迂腐的男人嗎？

「那就隨你高興，工作到你滿意爲止吧。」

總覺得大樹是要棄她於不顧了，那句話就好像在說，他們的人生毫無瓜葛一樣。

大樹沒察覺到美帆的不安，自顧自地說起公司裡新的企畫團隊。

美帆回老家過新年。

母親三番兩次傳簡訊，要她快點回家幫忙打掃和準備年菜。二十七號最後一個工作日結束，美帆就跟大學時代的朋友去滑雪，三十號晚上才回來。隔天除夕，她睡到中午起床出門，回到老家已經傍晚了。

「怎麼這麼晚才回來？」

美帆一進門就聽到母親罵人，但聽起來並不是眞的生氣，還聽到其他人大笑的聲音。

「我回來了。」

美帆沒有回應母親的疑問。沒趕回來幫忙已經很有罪惡感了，還被訕笑，美帆心裡一口悶氣發不出來。

「小美帆，已經沒有你能做的事囉。」

美帆聽到姊姊語帶調侃，她三歲的女兒佐帆也跑到玄關來。

「小美帆，已經沒有囉。」

佐帆人小鬼大，竟然學媽媽調侃美帆。

外甥女很可愛，美帆也知道小孩子只是有樣學樣，但她今天心情真的不太好。

「佐帆，你這樣，不給你壓歲錢囉。」

佐帆看到美帆生氣的表情，趕緊跑回媽媽身旁，嘴裡還大喊小美帆好可怕。

美帆跟著外甥女走進飯廳，奶奶、母親、姊姊圍在餐桌邊，桌上擺滿了各式年菜。

三人抬起頭來，五官真的有夠像。奶奶和母親並沒有血緣關係，但兩人都有一張大圓臉和小嘴巴，姊姊坐在她們兩人中間，活像三顆豆子從豆莢裡迸出來一樣。

每天早上在鏡子裡看到不想看的臉孔，也是同樣的德行。

「跟小孩子計較，你也太幼稚。」

母親怒目相向，表情比剛才的美帆還要可怕十倍。

佐帆一頭埋進真帆的胸口。

「你回來啦。」

只有奶奶溫柔地打了聲招呼。

「我回來了。」

「你都不快點回來。我們都打掃好了，年菜也差不多弄完了。」

「我不是說了要跟朋友去滑雪嗎？」

「美帆從以前就只負責吃而已。本來還想讓你打掃浴室和屋頂的排水槽呢。」

「我就說了……」

講了也是白講，美帆乾脆放棄辯解，到客廳的沙發坐下。

「別呆坐在那，過來幫個忙也好啊。」

「那，我來幫忙把栗子金團的地瓜泥過篩好了？還是把雙喜蛋的蛋黃和蛋白過篩？」

這些都是御廚家不可或缺的年菜，廚藝不精的美帆也做得到。

「這些我們都弄好了。」

對美帆來說，準備年菜是無聊的例行公事，因爲大家都只讓她做這些小事。奇怪的是，奶奶和母親都很熱衷準備年菜，這些年姊姊也有受到影響。

「那昆布卷呢？鯡魚用昆布卷起來，還要綁上瓠瓜絲吧？」

「你姊已經在處理了。」

「不然，筑前煮的蒟蒻要刻花吧？」

每次美帆負責的工作，不是把材料磨成泥，就是幫忙包點東西或做點雕工。

「那也弄好了。」

「小芋頭要去皮吧？」

「昨天就弄好了。」

「紅蘿蔔的雕花呢？」

「你姊也弄好了。」

「蜜黑豆呢？」

「還差最後一道手續，那不能交給你。」

不曉得爲什麼，母親和奶奶很堅持煮出外皮光滑的蜜黑豆，每年都在這道菜上耗費大把心力。她們還嘗試各種方法，想煮出外皮不皺的蜜黑豆。

像這種家族聚會的時候，母親和奶奶相處得很融洽。不過，母親只有跟生母講電話時才會用方言，顯然跟自己的婆婆相處，還是多少有顧慮吧。

母親知道兩個女兒很仰慕奶奶，所以從來沒說過奶奶的壞話。然而，母親和奶奶的關係也不是眞的情同母女。

「今年啊，我們打算換回老方法，不用壓力鍋，慢慢烹煮入味。三天前我們就把黑豆泡在水裡……」

「不然，我來熬煮地瓜泥，完成栗子金團？」

母親一聊起黑豆就沒完沒了，美帆趕緊打岔。

「那個前年交給你處理，被你搞砸了不是嗎？不用了，今年我來就好。」

「那還剩下什麼沒做的？」

「筑前煮、五目豆還沒調味，還有鹽烤花蝦和鯛魚……最後要裝進便當盒裡，這些都不能交給你啦。」

「那我就沒事幹啦。」

「誰叫你晚回來。」

講再多都是雞同鴨講。

美帆乾脆擺爛，整個人癱在沙發上。

「你陪佐帆玩啊。」

「好啊。」

美帆轉頭望向外甥女，佐帆剛剛才被她凶，心情還沒平復過來。平常很黏人的小可愛，現在死也不肯離開自己的媽媽。

「美帆你好好休息吧，平常要工作，你也累了。」

奶奶溫言婉語地說著。

「奶奶，你太寵美帆了啦。我每天也要做家事、顧小孩，我也很累耶。」

眞帆大聲抗議，美帆裝作沒聽到。

三個女人又回頭處理年菜，嘴巴也沒閒下來。

其實她們也不是眞的在意。美帆回不回來，對她們都不是大問題，年菜照樣煮，該打掃的也不會放著。多虧母親喜歡打掃，家裡始終保持得一塵不染。

眞帆說等佐帆到了該上幼稚園的年紀，想出去工作貼補家用，不曉得找什麼樣的工作比較好。她說找來找去，都沒有合適的工作，還抱怨老公薪水不高。

姊姊嘴上抱怨沒錢，倒也不是眞的很困擾。如果眞的窮到要吃土了，條件再差的工作也得屈就。奶奶和母親也明白這一點，只是安靜聽她講，沒多表示意見。

美帆很佩服姊姊的勇氣，敢跟月薪才二十三萬圓的人結婚生子。姊夫太陽是消防員，有著古銅色肌膚和一口亮白牙齒，長得相當帥。兩人高中時就交往了，出社會沒多久便互定終生。姊姊專校畢業後，本來在車站前的證券公司上班，結婚後也辭掉工作了。

姑且不論自己會不會跟年薪才三百萬圓的人結婚，至少她不敢馬上辭掉工作，更遑論生小孩。

怪了，怎麼今天腦子裡一堆不好的念頭？姊夫是個好人，消防員也算公職，收入穩定，佐帆也好可愛。佐帆剛出生時，美帆還感動到掉眼淚。今天是怎麼了？

「阿姨，你怎麼了？睡著了喔？」

佐帆悄悄跑了過來，偷看美帆的臉。

「不要叫我阿姨，叫我小美帆。」

佐帆又笑著跑走了，還大喊阿姨裝睡。這小鬼頭才三歲，就已經知道用「阿姨」這種稱呼來刺激美帆了。

「你過來。」

美帆起身追上去，佐帆也笑嘻嘻地跑來跑去。

追到一半，美帆突然覺得，自己在追一個永遠也抓不到的幸福。

美帆在老家待得不自在，二號下午就假裝有工作要處理，先回租屋處去了。

到了祐天寺車站，看到常去的麵包店開著，就買了吐司，還有混著胡桃和無花果的麵包回家。

打開租屋處的門，美帆才眞的放鬆下來，長吁一口氣。聽到長長的嘆息音，她被自己嚇到了。

現在的美帆，跟剛開始搬出來的時候完全不一樣。

當初，她很嚮往獨自生活，但夜深人靜時總是被一些風吹草動嚇到，動不動就打電話給母親，週末也一定會回家。

沒想到，現在她可以好幾個月不回家，一拖就拖到過年。

不久前，她還有種安心感，覺得就算自己一個人住，出了事也有老家可以回去。不過，或許老家已經不是她的歸宿了。

美帆放好洗澡水，加入喜歡的入浴劑，泡在浴缸裡暖和身子，將全身上下洗得乾乾淨淨。

泡完澡打開冰箱，裡面還有聖誕節喝剩的紅酒。她把紅酒倒進杯子裡，配著無花果麵包飲用。冰透的紅酒很好喝。

喝著酒，又是感慨萬千地嘆了一口氣。這是聖誕節的時候，大樹來家裡一起喝的紅酒。兩人的相處並不熱絡，連一瓶紅酒都喝不完就散了。勉強湊時間一起過聖誕節，但也就是去餐廳吃點東西，收到一條小小的項鍊（美帆送大樹價值一萬圓的鋼筆），然後回美帆的租屋處一起看電影罷了。

話說回來，新年期間麵包店竟然有開，實在令人意外。

顯然，這個街區有很多人大過年就要靠麵包充飢。他們應該都跟美帆一樣，孤家寡人，或者不願意回老家過年吧。

果然還是這裡比較好。麵包和紅酒的滋味，帶給美帆極大的慰藉。

關於寵物棄養的問題，美帆以前就略有耳聞。

NHK做過特別報導，推特上也有不少人討論相關議題，這些美帆都有看過。

然而，這是她第一次見識到實際的狀況。

美帆利用成人日*的假期，一個人到中目黑散步逛街。

中目黑這地方，實在不太適合一個人去逛。街上都是一對對的情侶或朋友團體，尤其有男性偶像周邊專賣店的地方，附近的咖啡廳和餐廳都擠滿了女性粉絲。

最近大樹工作很忙，去年底之後就沒見過面了，平常兩人只透過電話和LINE

*每年一月的第二個禮拜一。

交流。

不過，美帆早已心灰意冷，根本不在意。

這半年來，她有預感這段關係快撐不下去了。

這也無可奈何，兩人在不同地方工作，價值觀和立場本來就會改變。過去大樹並不反對女性投入職場，現在卻講出那樣的話來。說不定，他也不在乎自己這個女友了吧。

這時，美帆聽到狗叫聲，聲音不大。

她張望四周，又聽到兩聲尖銳的狗叫聲。

那聲音好像在告訴她，你看錯地方了，我在這裡。

狗叫聲從中目黑站前的大樓傳來，那裡有候客的公車和計程車，一些小吃攤商利用那邊的小空間擺攤，小狗就在其中一個角落。

一隻吉娃娃張開小眼睛看著美帆，背上的皮毛是黑色的。旁邊還有一隻表情很溫馴的白色大狗。

仔細一看，那是動物保護團體設立的攤位，擺了很多貓狗的照片和募款箱。比起旁邊販賣烤香腸或產地直銷蔬菜的攤位，實在不怎麼起眼。

可是，那兩隻狗太可愛了，吸引了美帆的注意力。她忍不住跑過去，蹲下來看狗狗。

「您好，我們是動物保護團體Shine Angel。」

說話的女生看起來很溫柔，穿著白色襯衫和卡其色長褲，一頭長髮束起來，還戴了一頂帽子。

「牠們都是被棄養的嗎？」

美帆也摸摸那隻大狗，不然只摸吉娃娃太不公平了。吉娃娃似乎吃醋了，又大叫兩聲，大狗溫柔地看著吉娃娃鬧脾氣。

「是啊，不過現在有我們照顧。」

「連吉娃娃都有啊？」

「嗯，牠是我們從收容所接回來的。」

「幾歲了呢？」

「確切的歲數不清楚，大概五歲左右。」

美帆蹲在旁邊，吉娃娃一直用腦袋磨蹭她的膝頭。

「竟然有人棄養這麼可愛的小狗。」

美帆知道有人會棄養寵物，但她一直以爲只有米克斯或大型犬，或是那些年紀大、不好照顧的狗才會被棄養。美帆很佩服志工，她就做不到這些。

可是，看著可愛的狗，美帆心動了。像這樣健康又活潑的狗，自己應該有能力養牠吧。

「就是說啊，您喜歡狗嗎？」

「我小時候養過……」

話一說出口，勾起了美帆心痛的回憶。

「您現在住的地方可以養寵物嗎？」

「沒辦法，我住在出租公寓。」

「那就不太方便了。」

志工拿了一本小冊子給美帆。

「我們這邊還有其他貓狗。官網也都有最新的訊息，請務必參考看看。」

「謝謝你。」

「要領養這些動物，有不少條件。但只要符合條件，我們都歡迎領養。未來有機會的話，還請跟我們聯絡。」

「眞的很謝謝你。」

最後，志工還讓她抱了一下吉娃娃。懷裡那個小小的生命體溫好高，還直盯著美帆的雙眼。

遇到那幾隻狗之後，美帆的心思都被牠們占據了。

美帆小時候也養過迷你臘腸犬，名字叫小花。在牠還是幼犬時，顏色和形狀都很像花生，便幫牠取了這名字。

小小年紀的美帆很想養狗，多次央求父母買給她，對她來說，小花就像寶物一樣。然而，等她升上中學，超過十歲的小花竟然不知去向。

其實在小花走丟之前，就已經有一些不太好的徵兆了。也不是年老痴呆……應該說，發呆的時間變多了。有天外頭下雨，小花莫名其妙跑出家門，就再也沒回來了。

美帆哭得好傷心。

她當初保證一定會好好珍惜、照顧小花。可是，升上中學後，忙著念書和參加社團活動，也花了不少時間交朋友，小花都丟給父母照顧。

家人罵她不負責任，美帆還會反過來凶他們，說自己是眞的沒時間，不是故意不照顧小花。家人之間經常爲此吵架。

當他們吵架時，小花就縮在房間的角落，哀傷地看著美帆。小花很聰明，一定知道美帆在爲牠吵架吧。小花是不是很難過，以爲主人討厭牠了？

每次想起小花哀傷的眼神，美帆就好難受。

小花走丟以後，美帆到處找牠。事後才知道，小花被帶到收容所，等了好一陣子都等不到飼主來認領，就被安樂死了。

美帆好自責，爲什麼自己沒有第一時間去收容所看看呢？

小花是她深藏在心底的遺憾。

如果領養一隻狗，或許能緩解當年的遺憾吧。她想要幫助跟小花有同樣處境的狗，這可以當成新的人生目標和希望吧？

她一回家就上這個動物保護團體的網站。

上面貼了好多狗的照片，數量多到令人驚訝。也有剛才看到的吉娃娃，還有好幾隻小型犬。

美帆發現自己只看一些可愛小狗的照片，受不了自己的膚淺，差點就要關掉網頁。

不過，換個角度思考，這一養就要養好多年，當然要挑自己喜歡的可愛小狗。美帆替自己找藉口，繼續瀏覽網頁。

對了，志工說領養必須符合條件。於是，她點擊了「領養須知」。

上面記載了各式各樣的條件。

首先，要帶貓狗施打疫苗，並做結紮手術，費用全部由領養者負擔。其次，貓狗必須養在室內，志工會親自帶貓狗到領養者家中，確認領養者的住處是否符合條件。第三，領養者得找到保證人，萬一日後無法再飼養（好比生病或過世），保證人必須代爲飼養。

其他還有不少繁雜的規定，但最主要就這三項。

這些條件訂得很嚴苛，但也看得出來這個團體是眞心愛護動物。

美帆立刻查詢附近有沒有能養寵物的公寓。

結果不出所料，符合條件的公寓不多，租金也貴得嚇人，幾乎是現在的兩倍以上。

光憑她的薪水根本租不起。即便省吃儉用勉強租下，將來要是遇到減薪或裁員，就只能帶著小狗流落街頭。自己吃苦也就罷了，讓小狗吃苦實在說不過去，這算不上稱職的領養者。

這時美帆才注意到，這些條件不只跟貓狗有關，也跟領養者有很大關聯。領養者必須有合適的「住處」，以及健康的「身體」和充裕的「資金」。而這三項條件，不管要不要領養寵物，都非常重要。

美帆認為老家不是自己的「歸宿」，而她也沒有馬上結婚的打算。

不久前，公司還是她的依靠，她相信這家公司。但街繪小姐被裁員後，她明白自己的處境並不安穩。也許年輕的時候還沒什麼問題，等到自己再多長幾歲，很有可能被公司一腳踢開。

未來到底該怎麼活下去呢？

網頁上的小狗，無言地質問美帆要如何度過人生。

現在還有機會找到更穩定的工作嗎？如果有這個機會，一定要找到更穩定、更高薪的工作才行。

穩定、高薪的工作都需要專業資格，例如醫生、護理師、律師等等。學生時代沒好好念書的話，要考取那些資格可不容易。現在才想這些，未免不切實際，況且那也不是她想做的工作。

看樣子，只能一點一滴累積各種「安心感」了。

美帆再看一次小狗的照片。

有什麼是她現在就能做到的呢？

買一間能養寵物的公寓，或是獨棟房子？

她知道有些女生會趁年輕時買下公寓。然而，她一向認爲那跟自己無關。

美帆操作電腦，怯生生地打開另一個頁面。

她很清楚買房子是遙不可及的目標，但還是想了解一下，那個遙不可及到底多遙遠。

「目黑區　中古　公寓」

她在搜尋欄位打下這個幾個關鍵字。搜尋結果一出來，又嘆了口氣。

「世田谷區　中古　公寓」

這連看都不用看了。

「杉並區　中古　公寓」「横濱市　東横線沿線　中古　公寓」「台東區　中古　公寓」

「世田谷區　中古　獨棟」……

美帆就這樣搜尋了整個晚上，徹夜未眠。

「所以，美帆你現在要開始省吃儉用囉？」

過了一個月，美帆假日去拜訪姊姊，姊姊一家人住在十条的公寓。

「有空就來一起吃飯嘛。」

美帆多次收到姊姊約吃飯的簡訊。新年期間，姊妹兩人在老家處得有點尷尬，說不定姊姊也耿耿於懷吧。

姊姊表面上是個傻呼呼的家庭主婦，其實這方面挺細心的。

「這禮拜天太陽值班，你來我家玩啦，我一個人好無聊。」

用這種「耍任性」的方式提出邀請，也很像姊姊會做的事。美帆心知肚明，姊姊是在幫她找一個登門造訪的好理由。拗不過姊姊的再三邀請，美帆總算願意去一趟，但她不想順道回附近的老家。

姊姊家的小公寓始終打掃得乾乾淨淨。中午姊姊煮了和風漢堡排和肉醬義大利麵，家中有小孩，煮這些算是平常，而且漢堡排鮮美多汁，非常好吃。餐後還有姊姊親手做的蘋果蛋糕，這就讓美帆眞心佩服了。

儘管新年期間處得有點尷尬，但像這樣聚在一起吃飯聊天，果然還是姊妹情深。

美帆坦承自己正積極存錢，未來想找可以養寵物的房子。

「咦？美帆，你要自己買房子？而且還不是公寓，是獨棟房子？真厲害，哪像我們家，大概一輩子都要租屋了。」

精力旺盛的佐帆，吃完飯就乖乖睡覺了。姊妹兩人利用這一點空閒時間小聲聊天。

「比起公寓，買獨棟房子可能更實際。」

美帆拿出手機，給姊姊看她搜尋的結果。

「現在公寓很搶手，中古的獨棟還比較便宜。當然也要看地方啦。」

「是喔。」

「還有啊，買公寓還要繳管理費和修繕基金。與其每個月付那些費用，買獨棟還比較好。」

「可是，你要自己維持屋況，一樣要花錢、花時間啊。媽就常跟我抱怨，維持老家的屋況很辛苦呢。」

不愧是家庭主婦，會注意到這些細節。

「也是啦，不過還有這種房子喔。」

美帆找出另一棟房子的資料，價格差不多一千萬圓，地點位於郊區。

「你看，這有庭院，而且只要一千三百八十萬圓。這價格我辛苦存個幾年應該買得起。」

「中古屋要貸款不太容易喔。」

美帆很佩服姊姊有這麼豐富的經濟知識，什麼都懂。她這才想起，姊姊結婚前是在證券公司上班。

「所以我才要努力存錢啊。東京奧運辦完以後，說不定房價會更便宜。」

姊姊聽了莞爾一笑，點點頭。

「既然你有想這麼遠，那我就放心了，代表你是認眞的。」

「那當然。」

「我以爲你只是心血來潮。養寵物和買房子，都是一輩子的事，要負責的。」

「我知道。」

養寵物只是一個契機，也多虧有這個契機，美帆才開始思考存錢的事。嚴格來講，街繪小姐的遭遇和變調的戀情，讓她重新思考自己的人生。領養寵物這件事，更強化她想改變的動機。

美帆喝了第二杯紅茶，是姊姊用那個漂亮的琺瑯壺泡的。

「那你得先存一千萬圓才行。」

「咦？」

「中古屋不好貸款，你沒有這點積蓄要怎麼買？」

一千萬圓，確實是需要這麼多錢沒錯，但她一直不敢正視這個數字。

「我們家儲蓄也是以一千萬圓爲目標，畢竟未來還有佐帆升學的開銷。」

「眞的假的？姊你也有想這麼多喔？那你們存了多少？」

姊姊不說話了。扯到錢的事情，可能姊妹也不方便過問吧？不，正因爲是姊妹，才不該過問。

「啊，抱歉，不想講的話沒關係。」

「現在才存到六百多萬圓。」

姊姊很乾脆地說出來。

「咦！」

美帆嚇了一大跳。姊夫年薪才三百萬圓，他們還要養小孩，才結婚六年，就存到這麼多錢了。

「其中一百萬是我結婚前存的，太陽幾乎沒有存款。我之所以說六百多萬圓，主要是其中三分之一做了投資信託，數字多少會變動。佐帆出生那年也有不少開銷，因此只存了這些。」

貞帆誤會了，以爲美帆是訝異他們家存款太少，趕緊說明原因。

「不是，姊你誤會了，我是很訝異你竟然存了那麼多。等於你一年就存了將近一百萬圓吧？你怎麼存的啊？」

有這種本事，十年就能存到一千萬圓了。有件事貞帆不太好意思明講，老實說，她的薪水比姊夫高，又沒有小孩或配偶要養。

美帆看著飯桌。

「你們平常是不是只吃豆腐和豆芽菜啊？該不會今天爲了招待我，才破費做蛋糕？」

姊姊露出了得意的笑容。

「沒有啦，我們平常就是這樣吃的。我沒有刻意煮好料請你，我們家伙食費每個月大約是兩萬圓。」

「眞的假的！」

這是美帆今天第二次被嚇到。

「我一個人生活，伙食費就要三、四萬圓了耶。」

「你就是一個人生活，伙食費才會這麼高。你平常要上班，也沒空自己煮吧。」

「那你到底怎麼存錢的？」

美帆忍不住嘆了一口氣。

「我就算想省也省不了。上個月我試著自己煮，也在日常生活下了不少功夫。但月底算下來，反而花得比以前多。應該說，我也不清楚自己以前開銷多大，總之，算來下是入不敷出。」

美帆實話實說。她的確有省錢的念頭，想開始自己做便當。她去超市買菜，也在生活雜貨店買了一個橢圓形的杉木便當盒，要價八千圓。但便當只做了一天就放棄，多出來的食材也不會處理，最後全丟掉。爲了省電費，她不敢開暖氣，洗澡也改用淋浴。結果著涼感冒，還要花錢看醫生。丟棄食材的罪惡感成了一股壓力，讓她更常以外食來紓壓。她非常失落，也懷疑自己不適合下廚。

「美帆，你儲蓄有多少啊？」

「……差不多……三十萬圓？」

「咦!?只有三十萬圓?」

姊姊不可置信地看著美帆。

「那你需要徹底改變金錢觀念。重新檢視固定開銷吧，必須減少花掉的錢才行。」

「固定開銷?」

「就是房租、手機費這類非花不可的錢。」

「可是，都叫固定開銷了，怎麼可能改變啊?」

「你節省伙食費和電費，也省不了多少。你應該先減少固定開銷，這是省錢最簡單的辦法。」

美帆沉吟了。

她在祐天寺住得很愜意，住在那裡是她的驕傲，她很喜歡那地方。

「房租要九萬八千圓?太貴了啦。還有啊，那一帶吃的也不便宜對吧?超市也都是一些高檔又時髦的超市不是嗎?」

「是沒錯啦。」

「不然，你乾脆搬回十条。這邊離新宿近，房租也便宜個一、兩萬圓。順便問一下，你手機費多少？」

「每個月一萬圓吧。」

「天啊，也太高了。我每個月才兩千圓，而且前十分鐘通話免費。」

「眞的假的？」

姊姊拿出自己的手機，粉紅色的很可愛。

「你是用優惠方案買的？」

「對啊，活動期間還有折扣。你看，房租省兩萬圓，手機費省八千圓，每個月是不是就省下快三萬圓了？」

「搬回十条喔？」

「十条不錯啊，這裡食物便宜又好吃，很多超市賣的東西價格也很實惠。你有空就回家吃飯，不用花錢，吃不完的飯菜還可以帶回去。」

「這不好吧……」

美帆已經跟母親保證過，她以後會獨立自主。

「媽他們也會很高興的啦。我每個禮拜都會回去一趟，跟他們拿點東西。我也會去奶奶家，奶奶有機會多看看孫女和曾孫，一石二鳥啊。」

「嗯……」

「不然你乾脆搬回老家！每個月給家裡三萬圓左右，剩下的全部存起來，就這麼辦吧。」

「咦？不要啦。」

美帆講不過姊姊，整個人趴在桌上。

美帆心裡也明白。

姊姊說的是對的。

後來，姊姊還說了這麼一段話。

「那，你先試著每天存一百圓就好。」

「一百圓……」

姊姊也太小看人，講得好像她只有這麼點本事。

「一百圓嘛，少喝點茶，少吃點便利商店的甜點，就能省下來了對吧？這樣每個月也能存到三千圓。這筆錢你何不拿去做投資信託？」

「投資信託，是要去銀行開戶嗎？」

「銀行也可以。我是建議你去證券公司開個戶頭，做些指數型投資，手續費也不會太貴，很不錯喔。你存到三千圓記得來找我，我教你怎麼做。啊，你去開戶之前也先跟我說一聲，我可以賺介紹費。」

看美帆一臉懵懂的樣子，眞帆忍不住笑了出來。

「好啦，那我回去買個存錢筒。」

「笨蛋，又亂花錢。」

好久沒被姊姊罵笨蛋了。

有種重溫兒時舊夢的感覺，眞令人懷念。現在被姊姊罵笨蛋，似乎沒有以前那麼討厭了。

「那我去百圓商店買總行了吧？」

「也不行，那一百圓你要存起來。」

眞帆打開廚房的櫃子，找出一個有封蓋的罐子。

「這是朋友從夏威夷帶回來的堅果罐，你存在這裡面就好。」

佐帆剛好睡醒了，也不適合聊複雜的話題。美帆向姊姊道謝後就回家了。

存一百圓就好？

聽到姊姊這麼說時，美帆當下還有點不開心，但轉念一想，每天只要存一百圓，似乎是個容易達成的目標。

隔天早上，她進公司前先去一家西雅圖來的連鎖咖啡店，一邊喝著新推出的咖啡冰沙，一邊思考姊姊昨天說的事。

咖啡店就在公司附近，每天早點出門，來這裡安排一整天的行程，算是美帆個人的樂趣，也是她的活力來源。平常喝完咖啡，她會去便利商店，買一瓶飲料再進公司。

但今天不一樣，她在保溫瓶裡裝了熱茶，這樣就省下一百五十圓。當然，這離一千萬圓的目標還非常遙遠。

美帆在姊姊送的堅果罐裡放進一百五十圓。她將堅果罐放在公司的辦公桌上，打算一點一滴存下去。

然而，她還沒下定決心，要按照姊姊說的刪減固定開銷。

手機綁兩年約，還有半年才到期，到時候再變更方案也不遲，這一點她願意照做。雖然不曉得便宜的方案好不好用，但爲了可愛的小狗，拿舊一點、難看一點的手機也沒關係。

房租才是真正的問題。

住在東京西區是她長久以來的夢想。況且，搬回老家，或是在老家租屋，就好像承認自己輸了一樣，感覺是夾著尾巴逃回去。

「沒有這回事啦。十条附近的赤羽地區，最近也入選最想居住的街區耶！」

姊姊是這麼說的。

還是想想其他的省錢方法吧。對了，來閱讀教人省錢的書籍，或是參加講座吧。

姊姊不是專家，就已經有這麼多妙招了，找專家商量肯定會獲得更好的方法吧。

想著想著，美帆喝光剩下的咖啡。

味道好淡。咖啡才喝了一半，冰塊就全融化，咖啡的味道都被稀釋了。美帆總是沒能趕在冰塊融化前好好品嘗。

美帆猛然一驚，發現自己買這杯咖啡本身就是浪費錢。

她重新確認咖啡的價格。

平常她都是用咖啡店的儲值卡付款，也沒仔細看過價格。原來最便宜的冰沙就要四百二十圓（不含稅），普通的冰咖啡也要兩百八十圓（不含稅），便利商店賣的也才一百圓而已……

美帆一直以爲咖啡的價格頂多差個一百圓，所以都挑喜歡的喝。

不過，現在每天要存一百圓，情況不一樣了。

她不想改掉去咖啡店的習慣，那就改喝冰咖啡好了。兩天喝一次冰咖啡，換換口味吧。

「這個位子有人坐嗎？」

美帆抬起頭，一名身穿便裝、看起來像大學生的男子指著隔壁位子。她剛入場的時候位子還很空，再過五分鐘演講就要開始，位子幾乎都坐滿了。

「啊，請坐。」

這男生稱不上帥，但長相清秀。美帆趕緊挪開包包。

「不好意思。」

今天美帆來參加理財講座，講師黑船雛子寫過一本書叫《8×12是魔法數字》。這位黑船女士是當紅的省錢專家，也是專業的理財規畫師。

說實話，美帆還沒讀過這本書，只是剛好在電視上看到這個人，就順手上網搜尋了一下資訊，得知有這場講座。

爲慶祝新書出版，報名費只要三千圓。美帆很喜歡這場講座的副標題：「獻給二、三十歲的年輕男女，尤其是上班族和即將踏入社會的大學生」。如果是教家庭主婦省錢的講座，她也不會想來聽。

主持人簡單介紹講師的資歷後，黑船女士終於登場。是個有點福態的歐巴桑，年紀跟美帆的母親差不多吧。比電視上還要再胖一些，眞人比影像還要瘦的例子比比皆是，反過來的就不多見了。

「各位，請你們先記住一件事。」

黑船女士客套了幾句後，直接拿起麥克筆，在白板上寫下幾個大大的數字：

8×12

這不就是書名嗎？

「今天你們記住這個就好，請牢牢記在心底。好，八乘以十二是多少？」

九十六！全場聽衆齊聲回答。

「很好，你們都答對了。每個月存八萬圓，每年的獎金也存四萬圓，結果會怎麼樣呢？哎呀，眞神奇，這樣一年就存到一百萬圓了！從三十多歲開始存，到你六十歲退休就有三千萬圓了。如果你才二十多歲，那你退休就有四千萬圓了。再算上三％的複利效果，先不談稅金，三十多歲的人，退休後會有四千九百萬圓左右，二十多歲的人，則有七千七百六十萬圓左右。這下就不用擔心老年生活啦！」

現場聽衆似笑非笑，又有點像嘆氣的聲音。

「啊，你們一定覺得不切實際對吧？你們是這樣想的吼。」

美帆點點頭，不自覺地笑了。她用眼角餘光偷瞄身旁，那個男生也是一樣的反應。

「你們剛才都中了我的魔咒，啊，說錯了，是中了我的魔法。任何人只要聽過這個數字，就再也忘不了八萬圓這個目標。你們會在無意間產生一個念頭，每個月都想存下八萬圓。現在辦不到也沒關係，努力讓自己接近目標才是重點！你只要存下八萬圓，剩下的錢隨便你花沒關係！獎金也是，存下四萬圓就好，剩下的隨便你花！」

大伙愣了一會，隨後哄堂大笑，因爲黑船女士像歌劇名伶一樣，以誇張的肢體動作說出上面那段話。不過，大家並不是在嘲笑黑船女士，而是發自內心，正面又溫暖的笑著。美帆笑得很開心，和旁邊的男生對上眼，對方也向她點頭致意。

「你們今天這三千圓花得很值得。現在，我們來詳細探討一下，該怎麼做才能每個月存下八萬圓。首先，重新檢視自己的固定開銷吧。」

美帆一聽暗暗叫苦，這不是跟姊姊說的一模一樣嗎？

可是大笑過後，美帆已經不排斥這種說法了。

姊，還眞有你的。

美帆不曉得自己能不能做到，但她像學生一樣，乖乖打開筆記本，抄下黑船女士教授的重點。

第二話

七十三歲的求職經歷

聽著馬達低沉的運轉聲，御廚琴子閱讀手中的報紙，讀到一半從椅子上彈起來。

「芒果銀行　退休金專案！　優惠利率　年利率二％（稅金另計）」

琴子坐在最新型的按摩椅上，享受十五分鐘的全身按摩。這東西其實稱不上椅子，椅背的角度跟躺椅沒兩樣，要直接撐起身子挺吃力的，但她顧不得這麼多了。

「眼鏡？我的眼鏡在哪？」

她眼睛盯著報紙，伸手掏摸四周，動作活像古早的搞笑藝人。

老花眼鏡就放在一旁的桌子上。琴子戴上老花眼鏡，仔細閱讀那則廣告。

「我看看喔，芒果銀行，退休金專案，優惠利率，年利率二％。要六十歲以上的退休人士及其配偶才符合資格。下面還有但書啊。」

這種廣告一定另藏玄機，就寫在聳動的標語下方。琴子是聰明的消費者，當然不會放過這些訊息。加注的字體跟螞蟻一樣小，比新聞報導的字體還要小得多。老花的人讀起來相當吃力，根本是故意隱瞞不利的訊息。這時候老花眼鏡就派上用場了。

「要存一千萬圓以上，而且只有前三個月享有二％的利息，之後每個月〇．〇一％……唉，不意外啦。」

這種優惠方案打著高利率吸引目光，但優惠只有一個月到半年不等，再來的利息就跟普通定存一樣。

話說回來，〇．〇一％已經算好了，現在都市銀行的一般存戶利息只有〇．〇〇一％。

「荒謬。」

琴子忍不住抱怨。

「景氣都好轉了，還只給我們〇．〇〇一％的利息，銀行也賺太大。」

事到如今批評銀行也無濟於事。

「一千萬圓放三個月，年利率二％，利息大概五萬圓吧？」

琴子起身走去廚房，從抽屜裡拿出一個老舊的大算盤。她高中畢業後，在銀座的百貨公司當過店員，對她來說，用算盤比用計算機方便。

「我就知道！一千萬放三個月，利息是四萬九千九百九十八圓……還要扣掉稅金，實際可以拿到三萬九千五百四十六圓。」

琴子拿起已經用了三年的智慧型手機，搜尋芒果銀行。

「芒果銀行這名字聽起來就不可靠，但番茄銀行更可笑啊。」

網路上的資料顯示，芒果銀行位在九州的宮崎縣，大約十年前名字還很正經，叫宮崎商工銀行。這種高利率的優惠方案，多半是地方銀行辦的。雖然是地方銀行，但客戶也不用親自跑一趟宮崎，打通電話索取資料，填好文件開戶存款就行了。

銀行會主打高利息，就是要吸引老人家寶貝的養老金吧。

幾年前這種活動辦得很多，甚至還有銀行提供存款代操投資，保證會有五％的報酬率。

當時是民主黨執政，景氣非常不好，通貨緊縮，股價永遠漲不起來，匯率又居高不下，根本沒有合適的投資標的。琴子看到銀行的方案，差點就心動了。

「奶奶，不要被騙了！這上面寫一定會有五％的報酬率，但沒有寫期限，搞不好等到你死後才達到這個數字。賠錢他們也不會負責，這算是一種變相的詐欺。」

孫女真帆以前在證券公司上班，好在她有注意到這件事，即時阻止，要不然琴子差點就被騙了。

真帆很氣憤，一家大公司竟然這樣欺騙老人家。在那之後，安倍經濟學確實振興了日本景氣，也許真能賺到五％的報酬，到時候厚顏無恥的行員肯定會繼續推銷投資商品，銀行永遠穩賺不賠。

琴子放棄了投資的念頭，視投資如蛇蠍，但好友告訴她，還有其他穩健的賺錢方法，而且跟投資無關。

既然銀行祭出高利息，吸引老人家的退休金，那就反過來利用銀行賺點錢。比方說，多找幾家推出短期優惠利率的銀行，輪流去存款，賺那二%或三%的利息。

琴子找眞帆商量過，眞帆仔細閱讀活動說明，確認沒有什麼風險後，總算同意了這個方法。

「是說，奶奶我好羨慕你們喔，銀行就不會提供年輕人這麼好的利率。我們年輕人才是最需要高利率的，畢竟未來人生還很長。」

儘管很同情孫女，但該利用的還是要好好利用。

反正銀行也是把老人當肥羊，自己得聰明一點才行。

更何況，這是過世的丈夫辛苦工作留下的財產，不好好運用就太可惜了。琴子的丈夫以前是上班族，五年前罹患肺癌過世。丈夫只有在年輕時抽過一點菸，也沒有特別想到要檢查肺部，等到咳嗽變嚴重，去醫院檢查已經末期了，癌細胞也轉移到淋巴。

琴子本來害怕移動這筆大錢，也覺得麻煩，但習慣以後也沒什麼大不了的。挑幾家近一點的銀行，把錢裝在登山背包裡，輪流去這些銀行存款和提款就行了。一個月或三個月忙一次，琴子還應付得過來。當然要塡寫不少文件，好在她老人家有的是時間。

「奶奶，你銀行一間換過一間，都不會在意行員的目光嗎？」

眞帆調侃了一下琴子，但這種事也是習慣就好。

琴子訂了一個目標，她要用各家銀行提供的利息，替自己買一張按摩椅。她花了三年的時間，總算在去年達成目標，買到夢寐以求的按摩椅。

要價四十多萬圓的按摩椅，果然値這個價錢，從頭到腳都按得到，舒服極了。每天早上躺在上面看報紙，是琴子最大的享受。

或許是景氣好轉的關係吧，有越來越多人用同樣方法賺利息。可能是因爲這樣，大約從去年開始，銀行就大幅減少這類活動了。

像芒果銀行這樣的大幅廣告，琴子已經很久沒見過了。

問題是——

琴子讀完所有的說明，把報紙放在一旁。

按摩椅都已經買了啊。

目前也沒有想要的東西。

沒有想要的東西，代表已經滿足，應該感恩了。

以前眞的是什麼都想要。過去養小孩的時候……那幾個孩子很喜歡喝當年剛發售的養樂多，現在隨便一家超市都有賣，但過去養樂多算是奢侈品。琴子只想看到孩子開心，而且聽說養樂多對身體好，她寧可自己餓肚子，也要買養樂多給孩子喝。

那個年代大家的經濟狀況都差不多，不是只有琴子家特別窮，所以日子還是照樣過。總之，那是個無法奢侈度日的年代。

沉浸在回憶當中的琴子回過神來。

要享受高利率的優惠，就得打電話給銀行，請他們寄資料過來。塡好資料後還要寄回去，再去銀行解定存，拿出大筆退休金放到新的銀行。

她頭一次覺得這一連串的手續太麻煩了。

想想也眞奇怪，還沒買按摩椅之前，她很有興致做這些的。

那時候，光是把錢搬來搬去就覺得開心。原來不是只有購物才會讓人興奮，搬動大錢也會帶來某種興奮感。也許，她是用玩遊戲的心情在做這些事吧。

可是，現在琴子已經提不起勁了。

明明只要忍耐一些手續，就有將近四萬圓的利息。

琴子懶得再動那一千萬圓，除了嫌麻煩以外，還有其他原因。

丈夫留下的不只那一千萬圓，還有幾百萬圓存在郵局的戶頭裡。由於年金幾乎減半，近年琴子也有動用到那筆錢，現在只剩幾十萬圓。

照理說，錢變少了，更應該要賺利息，但那筆錢就要等三個月後才能動用，萬一在那之前有急用的話，該怎麼辦？

丈夫剛過世時，琴子認爲幾百萬圓夠多了，沒想到會花得這麼快。

這一千萬圓是琴子僅存的依靠，日後不管是要去安養院，還是要把家裡改建成無障礙宅，都需要這筆錢。一想到自己可能得提早動用這筆錢，就覺得很不安。

事實上，琴子從去年就在煩惱這個問題，她煩了好久，也只能勸自己不要想太多。

結果這個退休金專案的廣告，再一次逼她正視現實。

「眞是令人羨慕的煩惱。」

琴子談起銀行的退休金專案，就只差沒把年金不夠用的煩惱說出來了，小森安生聽了以後哈哈大笑。

「是這樣嗎？」

「有四萬圓可拿，我一定馬上行動。一百萬圓可以爽爽過一年，四萬圓就相當於半個月的生活費啊。不過，我要是有這麼一筆錢，會去旅行一個月吧。現在這個時期，去泰國的曼谷也不錯……啊，最近考山那邊物價比較高，不然去馬來西亞的馬六甲逍遙也好。不對，待在家裡讀書也很棒。」

小森那張曬得黝黑的臉，笑得很歡快。

他是琴子的男性友人，兩人是忘年之交。

他們是前年十一月相識的，地點在一家大型五金量販店，離琴子住的地方有一段距離。

五金量販店的園藝資材區有一批三色菫花苗，裝在大型的塑料育苗盒中，總共才賣六百圓。琴子很猶豫該不該買下這批花苗。

育苗盒中共有三十株花苗，等於一株二十圓，稱得上跳樓大拍賣了。大概是店家不小心進太多賣不完，等到賣相變差了，就訂出這種半買半相送的價格吧。

琴子蹲下來，仔細觀察花苗的狀況。

有的根本沒開花，有的花已枯萎，還有的莖幹長很高，上頭開了快凋謝的花。

可是，有園藝經驗的人一看就知道，這些花苗還很有潛力，只要移植到肥沃的土壤，修剪多餘的莖幹和枯萎的花瓣，再妥善施肥，就會重新開出漂亮的花。現在才十一月，這些花可以欣賞到明年五月。

然而，三十株實在太多了，琴子是騎電動自行車來的，這麼多她也載不回去。再者，家中庭院也沒足夠的空間，十五株已經是極限……全部種在玄關附近，不出一個月就會開滿漂亮的花，吸引路人的目光，而且才三百圓……

最令琴子不捨的是，如果她不買下這些花苗，一定會被店家丟掉吧。一想到花苗會被丟掉，她甚至有種心痛的感覺。

「這價格真便宜啊。」

一旁傳來年輕男子的聲音，琴子吃了一驚。回過頭一看，斜後方站著一位膚色黝黑、笑容可掬的青年。對方低頭看著她，她趕緊站起來。

「真便宜呢，想全部買回去，但又種不了這麼多。」

「是啊。」

琴子反射性地答了話。平常她對陌生人都有一定的戒心，畢竟自己一個老人家獨居，也算有點財產，誰曉得會碰上什麼壞人呢。她在電視、報紙，還有圖書館的八卦雜誌上，看過太多恐怖的案例了。

要不是在園藝資材區，遇到了跟自己有同樣想法的人，她也不會因爲一時心喜而放下戒心。年輕人長得不算俊俏，但給人的感覺不錯，那純眞的笑容也緩和了她的戒心。

「這些花苗讓我帶回去種，一定能夠恢復風采。」

男子蹲下來，溫柔地撫摸花苗。

「根部沒什麼問題嘛。」

琴子不認識這個人，她只是很高興，有人能陪她聊園藝的話題。

「把這些花苗移植到肥沃的土壤，再修剪一下，很快就會恢復健康了。」

「對啊，可惜我家庭院種不了這麼多。一個多月前，我就把庭院都種滿了，那時候一株的價格是八十圓。現在只剩下一點點空間，種不了三十株啊。」

「你買一株八十圓算便宜了，我從一百五十圓跌到一百圓的時候就忍不住出手了。」

「一百圓還太早啦。」

「不過啊，我想早點買回家種，這樣一入秋就有漂亮的三色堇可以欣賞。」

「我能體會您的心情，我一有錢也會買花回家種。」

男子撫摸著快枯萎的花。

「沒人買的話，這些花苗會被丟掉吧。」

這時，兩人異口同聲，問對方要不要各買一半回去？話一說出口，他們對看一眼，都笑了出來。

「好啊，就一人一半吧。」

花苗總共六百圓，琴子想多出一點，但被安生拒絕了。

其實聽這個人講話，琴子就知道他手頭拮据。沒錢還堅持平分費用，顯然不是一個貪財的人，琴子對他又更有好感了。結完帳，兩人在平分花苗的時候，男子表示自己住在一棟有庭院的老房子裡，房子不大，在十条商店街的另一邊，跟琴子家正好是反方向。

男子是騎機車來的，本來要幫琴子載花苗回家，琴子拒絕了他的好意。

當時琴子還不了解他的爲人，只是猜想，這個人可能已經成家，有小孩要養，所以才缺錢吧。再者，大白天會跑來這種地方買東西，代表他應該跟眞帆的老公一樣，從事輪班制的工作，趁放假來採買吧。

後來，他們不時在同一家五金量販店，還有十条商店街偶遇。那一次相識之後，他們經常有碰面的機會。

他每次看到琴子，就會笑咪咪地靠過來，彷彿琴子是他的老友還是舊情人。聊的話題也很隨興，不外乎花苗的狀況、照顧花苗的方法，還有天氣的變化等等。

到了春天的時候，他邀琴子一起喝咖啡。琴子一開始擔心對方要拉人信教，但還是跟他一起去便宜的咖啡店，反正對方有什麼不軌的意圖，嚴正拒絕就是了。

一聊才知道，原來這個人根本沒有結婚生子，甚至連固定的工作也沒有。一年有一半以上的時間都在海外旅行，不然就是在外地打工。至於他之前提到的房子，屋齡已經五十年了，原本是他的祖母在住，現在沒人住了，暫時由他負責打理。

而且，他非常喜歡他的祖母。

「那畢竟是奶奶很珍視的庭院，再窮我也要好好打理才行。」

這一句話，徹底卸下了琴子的心防。

「是說，虧您有辦法存下這麼多錢呢。」

安生接下來要去海外旅行，今天是來寄放家裡鑰匙的。琴子答應他，在他回來之前會幫忙照顧庭院的花草，順便打開家中的門窗通風。

直到去年，這工作都是另一個鄰居負責的。但那個鄰居年紀大，身體不好，被女兒接去橫濱照顧。因此，從秋天開始就換琴子幫忙了。

「奶奶，你怎麼讓那種人出入家中啊!?」

琴子對真帆提起這位忘年之交，真帆馬上變得疾言厲色。

「搞不好他會偷東西或搶你的財產耶。」

「不會啦，他連家裡的鑰匙都交給我了。」

「那可能是要你放下戒心的伎倆啊。」

「也是啦。」

「你自己不是都說，他沒有固定工作？」

的確，安生沒有固定工作。

可是，琴子跟他聊過以後，反而覺得沒有固定工作，才能真正看出一個人的人品。據說安生多半趁旺季的時候，去沖繩和北海道打工。他到哪都能跟大家打成一片，學習能力又強，而且很關心老人家，是一個很好的傾聽者，所以才有辦法過上這種自由自在、無拘無束的生活吧。

況且，自從幫安生打理庭院，琴子也有機會接觸到他的左鄰右舍。安生的經歷和現況，也確實跟他自己說的一樣。

總而言之，琴子目前是信任他的，對這個年輕人頗有好感。

「我會買一些紀念品回來的。還有，庭院裡的豌豆和甜豆也快到收成時期了，需要的話，請自行採用吧。」

「那我就不客氣啦。」

這時期不用太常澆水，一個禮拜澆一次就夠了。當然，靠年金度日的琴子有的是時間，要多走幾趟也不是問題。

「眞的很感謝您的幫忙。」

就這樣，琴子無意間談起了銀行的退休金專案和利息的話題。

「要存到這麼多錢，對我來說簡直是天方夜譚。」

琴子有些後悔，像這種會談到存款多寡的話題，果然還是少碰爲妙。

安生沒察覺琴子的疑慮，露出了溫吞又爽朗的笑容。

「這也沒什麼啦。像我這個年紀的人，多少都會有一點積蓄。」

「是嗎？我奶奶去世的時候，我們只在佛壇找到幾張古早的百圓鈔和萬圓鈔。奶奶可能以為那放久了會有價值吧，她的財產就那些舊鈔而已。」

「你奶奶不是有留下一棟房子嗎？」

「那麼老舊的房子，只能拆了當廢柴燒吧。」

「別這麼說，先不談房子本身值多少，這裡好歹也是十条。即使現在地價沒有泡沫經濟的時候好，也還是很值錢啊。」

「是這樣嗎？琴子女士，您是特地省吃儉用，才存到這麼多錢嗎？」

「就跟你說了，這沒什麼特別的，純粹是我生對時代罷了。」

琴子搖搖頭，不太想談自己有多少積蓄。安生似乎沒看出來，繼續這個話題。

「您是指高度成長和泡沫經濟的時代嗎？」

「我們這一輩剛出社會的時候，薪水才一萬圓左右。等到我們退休，薪水漲了大約五十倍。我們是經歷過真正的經濟成長，才有辦法存到這麼多。」

聊到錢的事情，琴子欲罷不能，其實她不討厭這話題。

新聞報導看得夠多，琴子也有自己的一套見解。

「現在的年輕人時運不濟，其實很可憐。」

這句話琴子沒有大聲說出來，只在嘴裡小聲嘀咕。

「不過啊，我有遵從母親的教誨，將每一筆開銷寫在記帳本上。真要說起來，我也只有做這件事而已。」

「記帳本？」

安生很訝異。

「記帳這兩個字，跟我的人生完全無緣。」

「我母親是大正十三年，也就是一九二四年出生的。記帳觀念第一次出現在女性雜誌上是一九〇四年的事，那是日俄戰爭爆發的年代。」

年輕人對這種話題肯定沒興趣吧。可是，安生依舊點頭稱是，聽得很認真的樣子。

琴子心想，這年輕人或許天生有種討喜的氣質吧。

和小森安生聊過以後，琴子還是沒下決心申辦銀行的優惠方案。

真的有心申辦優惠方案，最好要趁早。當務之急是打電話跟銀行索取資料，不然，先跟現在的存款銀行辦提款手續也好……琴子想了一大堆，偏偏就是不肯行動。

她已經沒有以前那麼積極了。現在她只想躺在按摩椅上，悠哉度過一整天。

安生講的也沒錯，用那筆利息來當生活費也好。可是換個角度想，依賴這點利息，等於被迫認清自己手頭拮据，年金不足以度日的事實。

琴子大大嘆了一口氣，她終於體認到，原來自己也是會哀聲嘆氣的。

像這種時候，更應該來記帳，記下每一筆開銷，好好思考下一步。琴子打起精神，從按摩椅上起身。

丈夫年過六十退休後，又到相關企業當董事，一直當到六十五歲。之後夫妻兩人就靠年金過日子。丈夫在世的時候，年金兩個月入一次帳，大約二十六萬圓左右。

二十六萬不算多，但當時郵局的存款還很充裕，夫妻兩人常常去旅行，從來沒煩惱過錢會不夠用。

但是，丈夫過世後，年金只剩下每個月八萬圓。

起初琴子也不怎麼煩惱，反正生活已經沒有什麼重大開銷了，一個人省吃儉用、勤儉度日不是問題。

然而，計畫總是趕不上變化。

自己下廚，一個人的伙食費和兩個人差不了多少。丈夫不在了以後，跟老朋友出去玩的機會也變多了。

丈夫還在的時候，朋友很少約她去餐館嘗鮮，更遑論去外地享用名產。但現在，幾乎每個月都有類似的邀約。

出門的機會多了，總不能都穿同一套衣服和鞋子。

當然，拒絕朋友的邀約也不是不行。但年紀大了，剩下的時間用來陪伴家人、朋友才是最重要的。朋友們也說，錢這種東西生不帶來死不帶去，存太多也沒意義。

不過，自己總有需要請看護的一天。萬一日後生病，得花多少錢醫治也說不準。

講話自相矛盾是老年人的習性，一方面說錢生不帶來死不帶去，一方面又擔心錢會不夠用，必須節儉度日。

前幾天朋友才告訴琴子，請看護一年平均要九十萬圓以上。換句話說，一個老人請看護五年，就要花超過五百萬圓。聽了這些話，她更不敢動那一千萬圓了。

琴子打開記帳本，心裡想的是，老天爺要是肯透露生死玄機就好了。

比方說，托夢告知她有八十歲的壽命，死因是癌症，不需要請看護。或者可以在睡夢中與世長辭也不錯。再怎麼不濟，將來跌倒不良於行，好歹也先讓她知道一下，可以先存錢做好準備。

當然，真的知道自己未來的命運，也一定會難過哭泣。只是，如果能事先了解未來，至少心底會踏實一點吧。

遺憾的是，現實中沒有這麼好的神明。琴子只能乖乖記帳，哪怕是記心安的也好。

還沒靠年金度日的時候，琴子就經常為錢不安。後來，她去書店買「高齡生活記帳本」和「年金記帳本」，才鬆了口氣。

這兩款記帳本，跟過去的記帳本只有幾點不同。首先，記帳日是從每個月十五號，也就是從年金入帳的日子開始。其次，還有記入醫療費用的欄位，而且能夠以兩個月為單位來計算。

日本推廣記帳本的先驅，是羽仁元子女士，「高齡生活記帳本」就是用她設計的記帳本改良的。琴子看著熟悉的記帳本封面，心底很佩服羽仁女士。

幾經比較後，琴子只有第一年採用「高齡生活記帳本」，第二年就開始改用「年金記帳本」，記錄起來更簡便，價格也便宜點。

琴子從錢包拿出昨天去超市購物的發票，將每一筆開銷詳細地寫在記帳本上。就做這麼一件事，琴子感覺心情平靜了許多。

安生出國大約一個禮拜之後，琴子接到媳婦智子打來的電話。

「媽，好久沒聯絡了。」

媳婦都打家裡的電話，跟孫女們不一樣。

聽說智子還在用老式的行動電話，沒打算換成智慧型手機。

「我媽太落伍了啦，換成智慧型手機的話，就可以直接用ＬＩＮＥ聯絡了。現在誰還用有線電話啊？」

兩個孫女經常抱怨這點。令人意外的是，智子那一輩五十多歲的中年人，大多比琴子這一輩的老年人還要保守。在企業開始電腦化的時代，都會讓員工接受相關的訓練，但智子比那個世代更年長，所以智子那一輩人，對機械和網路之類的東西都有一種抗拒心態。更何況，她的女兒都會用這些新玩意，有需要找她們幫忙就好，這也是智子不想學的原因吧。

現在智子碰到不懂的東西，不是翻字典，就是去圖書館找書來看。如果字典和圖書館都找不到答案，就打電話給兩個女兒，請她們上網查。

「媽，其實我有件事想拜託你。」

琴子一聽有些緊張，該不會智子也要拜託她上網查資料吧？

「過年時，我們不是有一起準備年菜嗎？」

「嗯？年菜？年菜怎麼了嗎？」

媳婦問了一個出人意料的問題，琴子略吃一驚。

「媽你也知道，我有在上英文課嘛。」

琴子很佩服智子這個媳婦，從以前就熱衷學習各項才藝，很上進。年輕時經歷過泡沫經濟的女性，似乎都有這樣的特質，一下學瑜伽，一下學網球和花藝，學得又多又雜。尤其智子是法文系畢業的，英文和法文始終沒有荒廢。過去兩個孫女上高中和大學時，家中經濟壓力比較沉重，她還去公民會館的便宜外語教室上課。

智子有一個夢想，丈夫和彥退休以後，兩人要一起去搭豪華郵輪，跟船上的外國人用英文和法文對談。

可是，智子提起自己的夢想時，從來沒邀請她這個婆婆。

她對搭郵輪出遊沒興趣，但當媳婦的好歹也應該禮貌性問一下。琴子對兩個孫女沒意見，就是對媳婦頗有微詞。

琴子自認有主動在拉近雙方關係，智子表面上也接納了，但每次琴子想更進一步，就有種被拒絕的感覺。

當然，媳婦沒有眞的表示拒絕。只是彼此認識了這麼久，媳婦似乎從來沒對她打開過心房。

「喔，對啊，你能堅持下去，眞了不起。」

琴子隱藏不滿的情緒，隨口應和。

「因爲艾倫老師人很好，每個禮拜上課都很開心。」

「那眞是太好了。」

「前陣子，我們在課堂上聊到新年是怎麼過的，大家還分享彼此的全家福照片呢。」

智子上的英語教室，除了基本的對話練習，還會讓學生互相討論。

「我拿出年菜的照片給大家看，大家稱讚裝在便當盒裡的年菜看起來很好吃。然後啊，她們就說想學做年菜。」

琴子忍不住笑了。

「大家只是說客套話吧？」

「我一開始也是這樣想，沒想到她們是認眞的。」

「再說了，外國人哪會做我們的年菜啊？」

「不是的，不是老師想學，是其他學生想學。她們跟我一樣都是英語教室的學生，是那些學生想學。」

「那些學生是年輕人嗎？剛結婚的年輕人？」

如果是年輕人那也算情有可原。但每個家庭都有自己講究的年菜，怎麼不跟自己的父母學呢？這是琴子心底的疑問。

「也不全是年輕人。是有年輕人想學沒錯，但也有跟我一樣年紀，甚至比我年長的人想學。」

根據智子的說法，女性婚後多半都在夫家過年，有些人的夫家不自己煮，都是買現成的，因此也就沒有機會學做年菜。

公婆過世以後，她們想要自己做年菜，卻一籌莫展，不知道該如何下手才好。

「做年菜也不是多困難的事。市面上有很多教人做年菜的書啊，很多雜誌年底也會出特輯，按照上面教的煮就行了吧。」

「話是這麼說沒錯，可是對年紀大的人來說，要做一件從未接觸過的事，其實還挺困難的。」

「也是啦。」

「所以我跟她們說，不要想一次學會，那樣太辛苦了。最後大家決定，每個月來我家喝個茶，順便學幾道菜。媽，這件事我想請你幫忙，你不是有教我做年菜嗎？像是醬煮小魚乾和雙喜蛋。我覺得你廚藝這麼好，比我更適合教人。」

「哎呀，我哪有本事教別人。」

琴子嘴上客套，但被人稱讚感覺還真不賴。不，應該說很開心才對。

智子這個媳婦，確實有誠懇又討喜的一面。琴子心花怒放，忘了剛才的不滿。

到頭來，琴子接受了媳婦的提議，預計在下個月舉辦年菜教室。她們決定先教幾道傳統年菜，包括「栗子金團」「筑前煮」和「醬煮小魚乾」。

「年菜教室」辦得很成功。

智子向每個學員收取五千圓的費用，這五千圓還包含茶費和食材費（琴子很訝異，收食材費也就罷了，教人家煮年菜還要收錢？）。第一次就有六個人參加，聽說其他學員也躍躍欲試。

其中一個學員還帶了美國人來參加，意外成了國際交流的場合。還有人用手機拍照，貼在社群網站上。

智子事先準備了講義，上面記載了每道菜的材料和做法。講義發給大家後，再來就是說明和實作。智子學過不少才藝，很清楚該怎麼辦這種才藝教室。

在廚房和客廳做完年菜，大家一起喝茶聊天，享用做好的年菜和甜點。

「媽，眞的很謝謝你。」

大伙回去後，智子低頭致謝。

「別這麼說，我也很開心。」

琴子這句話是眞心的，有機會交朋友終究是件開心的事。

每個學員都很尊重年長的琴子，看到大家虛心求教，琴子也好開心。起初，她不太好意思教人，但習慣了以後，她也大方分享起育兒和老年生活的經驗。

臨走前，智子拿了一只信封給琴子，上面還寫著謝禮二字，說是一點心意。琴子多次推辭，但媳婦認爲該給的就要給，硬是把信封塞進她的包包裡。

「媽，你要是不收下，我下次就不敢再麻煩你了。」

智子說，她也有替自己留一份，說完還露出了俏皮的笑容。

回到家，琴子打開信封，裡面總共有五千圓。

清晨，一陣匡噹、沙沙的聲響，琴子悠悠轉醒。

三月的早晨，氣溫很低，琴子披上枕邊的毛絨睡袍，來到陰暗的走廊。她以前都穿日式棉襖，但兩個孫女怕棉襖太重又不暖，就送她一件新的睡袍。新的睡袍又軟又好穿，琴子再也不想穿回棉襖了。

她打開玄關的信箱，拿取早報。

剛才聽到的「匡噹」聲，是送報員打開鐵製信箱的聲音，「沙沙」則是送報員把報紙塞進去的聲音。琴子就睡在玄關旁的小房間，過去那是小孩的寢室。睡在那裡，早上四點聽到送報員的聲音，自然就醒過來了。

琴子拿到報紙後沒回房間，而是穿過走廊來到飯廳，先設定好咖啡機後才打開報紙。

最近，琴子都在看夾在報紙裡的傳單，新聞反而只看一下標題。

智子給的那五千圓，爲她帶來了重大的變化。

拿到錢眞的好開心。原來，自己還有賺錢的能力。

那天晚上，從信封裡抽出來鈔票時，琴子內心充滿了難以言喻的喜悅。那是她多年沒品嘗到的滿足和感動。記帳本上難得記入一筆「年金」以外的收入，她好驕傲。

琴子自己也很訝異，怎麼會這麼開心？一開始她以為自己是不是生病了，不然怎麼會心跳得這麼快？

她躺在床上，思考自己是不是一個貪財的人。覺得自己有點膚淺、可悲，但似乎又不只是這樣。或許，她真正需要的是感謝吧。

這個答案應該很接近琴子的心聲了。問題是，她平常幫忙照顧曾孫，真帆也很感謝她。她幫安生打理庭院，安生也會表達感謝之意。

難不成，自己要的不只是感謝，還外加一點金錢報酬嗎？該不會，自己還想要工作？這個想法連她自己都很訝異。

我想要工作？

都七十三歲了，什麼時候闔眼都不奇怪。孫女們也經常調侃她，說她是不是老年痴呆了。這樣的老人，竟然想要工作？

琴子搖搖頭，否定了這個想法。

當然，電視上說未來是每個人都必須工作的社會。但年過七十的老人，是要怎麼出去工作？

要是再年輕個十歲，那還有點希望。

那天，琴子煩惱了好久才進入夢鄉。

不料，隔天她找到工作機會了。

「公寓日常清潔　不限年齡．資歷　歡迎高齡者。靜候您的來電。」

琴子發現報紙裡夾了這張傳單，趕緊收好。

她一直以爲自己只能靠年金和儲蓄度日，現在她才知道，自己或許還有賺錢的能力。這股期待感賦予她全新的動力。

之後，琴子每天早上都會認眞看傳單。也多虧她有心，又找到了「誠徵家事服務員」的傳單。這是幫傭派遣公司在徵人，應徵者要先接受訓練，再分派到客戶家裡。琴子沒有漏看最重要的一句話，那家公司也歡迎高齡者應徵。

又過幾天，她在十条商店街的便利商店，聽到招募打工夥伴的廣播。

「本店正在招募打工夥伴。不管是家庭主婦、高齡者，還是外國人，我們都歡迎，沒經驗也可以。各位先生女士，要不要跟我們一起工作呢？」

琴子採買到一半，不自覺停下手邊的動作，專心聽著廣播。

現在日本缺乏勞動人口，未來每個人都必須工作……說不定這些都是眞的……琴子讀著早報，思考工作的問題。

琴子本來不好意思承認自己想要工作，可是照這樣看來，老人家想要工作也不是多遙不可及的事情。

「呃，您七十三歲啦……」

店長齋藤看著琴子的履歷表，歪著頭思考了一下。店長看起來年紀應該跟安生差不多大。

看到對方一臉困惑，琴子一陣燥熱，隨後如墜冰窖，她好想直接離開現場。

她來到商店街的便利商店應徵工作，就是那家歡迎高齡者應徵的店。她一進店裡，就鼓起勇氣走到櫃台，表示自己想應徵店員的工作。櫃台的年輕男子也很恭敬地點頭，歡迎她來應徵，還關心她有沒有帶履歷表。

結果實際面試，又是另一回事。

「不好意思，御廚女士，您看起來好年輕，實在不像七十歲。我以爲您才六十歲，或是五十多歲。」

也不知道是不是客套話，但現在聽到對方這麼說，琴子一點也不開心。

「我真的沒想到您已經七十多歲了，當然您的經歷是沒問題的。」

「還是不行嗎？」

琴子覺得好羞恥，這裡果然不是她老人家該來的地方。

「您誤會了，不是不行。」

齋藤揮揮雙手，琴子看不出他的動作是表示肯定還是拒絕。

「總公司並沒有設下限制。不過現實問題是，來我們這裡應徵的七十多歲老人家，很難適應這份工作，都做沒多久就辭職了。我們除了要操作收銀機，還有一些電腦或機台之類的東西，老人家通常記不住使用方法。」

如果是六十多歲，那還有點機會……

琴子轉身離去前，聽到那位店長還在嘀咕，便飛也似地離開了那家店。

好想工作啊。

琴子琢磨著，該如何實踐這個小小的夢想呢？不，對一個七十多歲的人來說，這算是很遠大的夢想了。

去便利商店應徵失敗後，琴子傳了訊息給遠在海外的安生，想徵求他的意見。

安生畢竟是外人，一些不方便跟家人商量的事，對他說比較沒顧忌。況且，琴子相信他不會否定自己的想法。至於訊息的內容，與其說是徵求意見，不如說是抱怨更為貼切。

果不其然，安生很快就回信了：

我上網查了一下，發現不少工作都有招募六十五歲以上的人力。

像是餐飲店員、家事服務員、學童課輔助手、設施警衛、公寓管理員、看護、大樓清潔員、醫院餐廚人員、學校餐廚人員、園藝師、停車場管理員、幼兒保育助手、廚房助手……

東京有專門協助銀髮族的求職中心。另外，我聽說也有專門為老人家設立的職涯諮詢服務。

何不去碰碰運氣呢？

我會替您加油的。

原來安生在國外一看到琴子的訊息，就馬上替她查資料。

她好感謝安生，尤其最後那一句鼓勵更令她感動。要好好努力才行，不能辜負人家的好意。才失敗一次，怎麼能打退堂鼓呢。琴子激勵自己振作起來。

「請先在自己心中釐清想工作的理由，這點非常重要。」琴子接受銀髮族的職涯諮詢服務，對方一開口就是這句話。

「不先弄清楚自己想工作的理由，找工作也不會有明確的方向。就算找到了，也可能做沒兩下就辭職。」

「這樣啊。」

今天琴子來到求職中心，想預約職涯諮詢服務，沒想到辦事員告訴她，這不用預約，隨時有人效命。因此她當場提出申請，等了大約三十分鐘，來了一位四十多歲的諮詢專員。

「請問您有帶履歷表嗎？」

「我今天……我以為今天來要先預約，才能接受諮詢，沒想到要帶履歷表。」

對方也沒不高興，而是改用口頭詢問琴子過去的資歷，輸入電腦中。

「您結婚前曾在銀座的百貨公司上班，對嗎？這是您唯一的工作經驗嗎？」

「是的。」

這位專員給人感覺不錯，態度也相當謙和。

可是那句話聽在琴子耳中，好像在嫌棄她的資歷，害她不自覺低下頭來。

當年，琴子在百貨公司的一樓賣領巾和手帕，業績還是第一名。她跟丈夫也是在那裡認識的。丈夫在附近的公司上班，每天都來買一條手帕。當丈夫把賣場裡的男用手帕統統買齊了以後，便向琴子告白。當然，現在提這些都沒有意義。

「那您有什麼特殊技能或興趣嗎？也有人活用自己的興趣找工作。」

「……也沒有。」

琴子的興趣，就是買便宜的花來種。就算花朵已枯萎，她也有自信能種好。但社會上不可能有這種工作。至於特殊技能，計算利息勉強稱得上吧，但更高深的經濟知識就沒有了。再來就剩長年培養的記帳習慣了。

不過，那些都稱不上「資歷」或「特殊技能」吧。

琴子越講越心虛。

「都沒有耶。」

「是說，您膝下有子，一定有帶小孩和做家務的經驗吧？這也是很寶貴的資歷喔。」

琴子總算抬起頭，臉上多了一抹笑容。

「謝謝。像我這種老太婆還想著要工作，很奇怪吧？」

「沒這回事，其實想工作的老人家還蠻多的。只是，我建議您先好好想一想自己要怎麼做。」

對方舉了一些老人家想工作的理由。比方說，有的人想要貢獻社會，有的人想要活用一身本領，用興趣當飯吃，或是幫助他人，還有人純粹不想跟社會脫節，想持續磨練自我，也有人單純想賺取收入。

「想工作的理由很多，您也可以從綜合的角度來思考。總之，先想清楚，再來找工作會比較好。」

回程途中，琴子回想對方提供的每一項建議。

琴子自問，爲什麼剛才不敢坦承自己需要錢呢？

琴子對自己的虛榮有些啞然。

她也不是想當正式員工，全職工作。每個月只要賺得到三、四萬圓，日子就會好過很多。

早知道這樣講就好了。

每個月有幾萬圓的收入，就不必動到老本。未來要買園藝用品或去旅行，也不必猶豫老半天。更何況她都買一些出清的花卉，本來就花不了多少錢。

而她內心深處，也確實想幫助年輕人，能夠多結交新朋友也不錯。自己努力工作存錢，若能留下一筆積蓄，也是在減輕孫女們的負擔。

那麼，什麼樣的工作符合上述條件呢？幫傭？現在叫「家事服務員」，是吧。

琴子不討厭做家事，但也沒喜歡到以此爲業，或者應該說，她的家事技能沒有這麼高的水準。

再說了，到了這把年紀，好不容易放下照顧家人的重擔，現在又要回頭挑起這擔子，她實在不願意。同理，她也不是很想做看護和清潔工作。如果可以，她希望跟以前一樣，從事銷售工作。她很擅長這工作，也喜歡跟客人聊天。

不過，這算是奢望嗎？

「以我的立場講這種話可能不太恰當，但老人家找工作，多半靠朋友介紹。您不妨跟周遭的親朋好友商量一下，告訴他們您想要找工作。」

求職中心的專員最後給了這樣的建議。

「我的親朋好友啊，大概沒有人能介紹工作給我吧。」

琴子只對安生透露過這件事，安生也不可能替琴子找工作。他自己就沒有穩定的工作了。

「您也不要預設立場，工作機會往往來自於意想不到的人脈。對您有一定了解的人幫忙介紹工作，會比您自己拿著履歷去找還要好。」

專員講得好聽，說穿了就是用一個動聽的藉口趕人吧。

琴子大大嘆了一口氣。

隔一個禮拜，孫女眞帆來拜訪琴子。

祖孫兩人感情不錯，平常都會用ＬＩＮＥ交流。琴子在ＬＩＮＥ上表示，自己前幾天收到安生的回信，結果眞帆很生氣，罵她不該跟那種來歷不明的人聯絡。

「安生人不錯，不是什麼來歷不明的人啦。」

「你這麼信任對方，小心連自己的棺材本都被騙光。」

「講話有品一點（笑）。」

「我不是在開玩笑啦（怒）。」

聊沒幾句，貞帆傳來生氣的表情貼圖，並表示明天要來拜訪琴子，確認她到底有沒有被騙。

琴子看完訊息，無奈地聳聳肩。

貞帆看似關心琴子，但實際上貞正耗光琴子棺材本的，也是這個孫女。

每次貞帆來家裡，一定會吃完午餐和晚餐才走，還會打包飯菜，帶回去給老公吃，連放在冰箱裡的飯菜都不放過。琴子買回來的蔬果，還有逢年過節人家送的禮品，貞帆也會統統帶走。

貞帆帶走的不只食物，有時候連琴子新買的毛巾、床單、腳踏墊都拿，舉凡可愛一點的東西她都想要。有一次，琴子買了幾件棉質內褲，貞帆也想帶走，琴子搶了回來，一個二十多歲年輕女生穿老太婆的內褲成何體統呢？

琴子和媳婦智子私底下都笑稱，貞帆和佐帆這對母女根本是小強盜來打劫的。而這對小強盜，也不時會跑回娘家洗劫一番。

話雖如此，琴子也不是貞的討厭孫女來訪。當然，如果貞的耗光棺材本，那又另當別論了。然而，能見到可愛的孫女和曾孫，又能快快樂樂打發時間，琴子還是很感激她們來訪。

眞帆也是看透了奶奶的想法，才敢討東討西的吧。爲了減輕孫女們的負擔，琴子也想多賺點錢。

隔天下午，眞帆帶著佐帆來了。眞帆客套沒幾句，就開門見山問琴子，到底和那個來歷不明的男子說了什麼。

琴子跟安生聊過存款和記帳的話題，也向他徵詢過求職的意見，但最後一點琴子沒有老實告訴孫女，否則孫女一定會發火。

「奶奶，你怎麼跟人家聊利息的話題，這樣對方一下就知道你有多少存款了。」

不出所料，眞帆一開口就嫌她不夠謹慎，不該談利息的話題。眞帆話鋒一轉，還推算出琴子有一千萬圓的存款。

不愧是待過證券業的人，琴子只提到二%的利息，放三個月可以賺快四萬圓，眞帆一下就算出她的存款總額。

「可是我沒說存摺和印鑑放哪呀。」

「這還用說嗎？你要是講了，就得馬上搬家！」

「安生不是壞人啦，改天介紹你們認識。」

「我才不想認識他，但爲了奶奶的安全著想，是該見一面。到時候找我老公一起來好了，讓他知道我們這邊有很多人盯著。」

盯不盯是一回事，住在同一區的年輕人彼此多交流，也是一件好事吧。

「也對，那等他回國我再聯絡你。」

「唉唷，怎麼講得好像他是你男友一樣？」

眞帆聽了不是滋味，又追問琴子，怎麼會聊到記帳的話題？

「沒跟你說過我的祖母和母親的事嗎？」

「沒聽你說過啊。」

眞帆說得沒錯。琴子以前和媳婦智子談過自己的家世，但記得媳婦聽得有些不耐煩，因此再也沒提起過。

可是仔細想一想，媳婦和孫女立場有別。孫女和自己血脈相連，或許她會對自己的家世感興趣吧。

「我的祖母和母親那一輩人啊，在戰爭的時候也會記帳呢。」

琴子提醒眞帆，這事說來話長，想聽得有耐性。

記帳本的歷史，要從明治三十七年，也就是一九〇四年談起。那年，婦人之友社這家出版社推出了羽仁元子監修的記帳本。《婦人之友》雜誌中，有個「家政問答」專欄，專門答覆讀者的家計問題，羽仁元子也有在那個專欄投書。

琴子的母親牛尾美彌，生於大正十三年（一九二四年），也就是記帳本推出的二十年後。美彌總說自己是大正時代的女人，並不是率先使用記帳本的世代，大概晚了一到兩個世代。琴子的祖母很喜歡《主婦之友》雜誌，美彌也是一樣。

按照美彌的說法，祖母認爲羽仁女士太過嚴肅，主打平民風格和新時代主婦形象的《主婦之友》雜誌，才是祖母喜歡的類型。主婦之友社在昭和五年（一九三〇年）推出「模範記帳本」，祖母立刻買來使用，自此就沒間斷過，直到過世，這也是她本人的驕傲。

後來美彌結婚生子，買主婦之友社的記帳本來記帳，也成了理所當然的習慣。在戰時和戰後，這個習慣從沒改變，即便記帳本的名稱都改成了「生活記帳本」，也始終如一。

琴子對眞帆略說了那段歷史，她本來以爲孫女對古早的事情沒興趣，沒想到孫女聽得很專心。

「我知道！之前也有許多教人省錢的雜誌，好比《Thank You！》《美好夫人》《早安夫人》這一類的。我媽偶爾會買《美好夫人》，我比較喜歡時髦的《Thank You！》。只可惜，《美好夫人》和《早安夫人》都停刊了。」

「戰後還出現了《生活手帖》這些女性雜誌，至於《主婦之友》和《婦人之友》的市占率戰爭，打得可激烈了。」

女性雜誌的話題聊起來很愉快，但繼續聊下去，永遠講不到記帳的主題，於是琴子言歸正傳。

「總之，我母親很喜歡主婦之友社的記帳本，最了不起的是，出版社在戰爭期間也持續推出記帳本。」

「是喔。」

琴子講到激動處，眞帆卻只顧著拍拍女兒佐帆的背，佐帆剛吃飽飯睡著了。

年輕人果然不能理解這件事有多了不起，琴子多少有點寂寞。

「那可是很不得了的事情喔。我是在戰時出生的，幾乎沒有當時的記憶，但在那個物資匱乏的年代，要出版書籍談何容易。可見大家都很重視記帳本呢。」

「這個學校有教過，電視上也有報導，我都知道啊。」

眞帆面帶苦笑，似乎是被琴子嚴肅的反應嚇到了。

「只有昭和十八年（一九四三年），還有昭和二十年（一九四五年）終戰的那年沒有發行記帳本。戰爭結束後，日本進入了通膨時代，物價飛漲不停呢。」

「跟之前的通貨緊縮正好相反對吧。」

「本來賣五十圓的東西，才過幾天就變一百圓。錢根本買不到東西，都是用衣服或其他物品交換，不然就是去黑市買。在那樣的時代，記帳本也沒有被淘汰。」

「金錢的價值變得那麼混亂，要記帳一定不容易吧。」

「終戰那年，我母親還自己做記帳本呢。我曾經看過，上面幾乎沒有收支的記錄，反而比較像日記，記載著日常生活中的事情。或許，那是她艱苦生活中唯一的依靠吧。」

八月十五日宣布終戰以後，有好幾天完全沒有記錄，從那一段空白，不難看出母親有多震驚。琴子對這件事印象深刻。

「隔年，婦人之友社還發起了『堅持記帳同盟』的運動。」

「堅持記帳？」

眞帆笑了。

「就是字面上的意思？」

「沒錯，在艱困的時代，透過記帳並分享數據，做出各種統計。也多虧那項運動，後世才能了解當時的人民生計，也留下像恩格爾係數這樣的資料。」

「時代慢慢進步，現在記帳不用這麼辛苦了吧？」

「這說法不太對。」

琴子正襟危坐，對眞帆說。

「就是大家辛苦記帳，時代才慢慢進步的。」

「這話怎麼說？」

「你可能會覺得我講得太誇大，但在那個混亂的年代，有一群家庭主婦還堅持記帳，代表她們有足夠的教養和意志力，日本戰後復甦，這群主婦絕對功不可沒。當然，普遍認爲戰後復甦有許多要素，至少我個人是這麼想的。」

「原來是這樣啊。」

眞帆還笑著說，今天的奶奶情緒有些激動。

剛好佐帆睡醒了，琴子也就沒有談到自己想工作的事。她實在不好意思對孫女坦承，自己年金不夠用。

「來，佐帆，來祖奶奶這邊。」

懷裡的佐帆抱著好重，還散發一股溫熱的濕氣。剛睡醒的曾孫看著琴子，純眞的眼神閃過一絲哀傷，竟然哭了起來。

「佐帆乖，是祖奶奶喔，不哭不哭。」

眞帆想抱回佐帆，琴子卻繼續安慰曾孫。

如果可以一直這樣幫孫女分擔重荷，該有多好。這是琴子沒說出口的心願。

就在那一刻，她下定決心。

任何工作都去試看看吧。儘管這麼做違背了諮詢專員的意見，但都這把年紀，也沒剩多少時間，未來還能做幾年也說不準。先找個工作來做，也許做久了，就知道自己適合什麼。

「不好意思，請問御廚琴子女士在嗎？」

幾天後，琴子接到一通電話，對方的語氣很有禮貌。

「您好，我是齋藤。」

「齋藤？您是哪位啊？」

「啊，抱歉，我是便利商店十条店的店長齋藤。」

原來是上次去面試的那家便利商店，光聽聲音實在認不出來。

「原來是店長，上次眞是失禮了。」

琴子自知理虧，明明不適合在便利商店工作，卻還跑去浪費人家的時間，是應該道個歉。

「不會不會，您千萬別這麼說。御廚女士您要是再年輕個十歲，我們一定很歡迎您。」

琴子已經是老太婆了，但聽到年紀的話題還是不大高興。況且，自己就是因爲年紀大才被拒絕，實在不想再聽到年紀的話題。

「那麼，請問您找到工作了嗎？」

「不……還沒有。」

琴子說出自己去求職中心，接受職涯諮詢服務的事情。

「可是，經過一番斟酌，我打算多方嘗試，家事服務和清潔的工作，我也都去應徵了。」

琴子以略帶自嘲的口吻笑道。

「當然啦，也不知道人家願不願意雇用我。」

「那眞是太好了。」

「哪裡好啊？」

「不好意思，其實我今天打電話來，是有事跟您商量。」

「什麼事呢？」

「您知道車站南邊出口，有一家叫湊屋的和菓子店嗎？」

琴子知道那家和菓子店，從戰後就一直經營到現在，是當地的名店。店鋪的位置離商店街有一段距離，因此琴子不常光顧，但需要送禮的時候，她一定去湊屋買。

「那家和菓子店啊，看現在時機成熟，終於要在商店街開分店了。」

「那不錯啊，以後要買東西也方便。」

「之後店鋪前會有一個賣糰子的攤位，裡面是商品賣場，會擺上展示櫥窗，更後面則是喝茶、休息的區域。」

「挺豪華的店鋪呢。」

「是這樣的，他們需要見過世面的老婆婆幫忙顧那個賣糰子的攤位。」

「這樣啊。」

「前陣子，他們在獅子會討論這件事。湊屋的店主很感慨，說都找不到合適的人，他們想找一個聰明又端莊的老婆婆在店頭招攬客人……聽他這麼說，我馬上就想到您，您很適合這個職缺。」

「咦……不過，我眞的適合嗎？」

「御廚女士，您絕對沒問題的，您就是一個可愛的老婆婆，資歷也很符合。實不相瞞，我已經跟湊屋的店主推薦您了，他也對您非常感興趣。」

「你那時候不是說，我看起來很年輕？」

「呃，那時候……」

琴子腦海中浮現出齋藤店長困惑抓頭的模樣。

「當時那種情況，總要講點好話嘛。御廚女士，您絕對合適的，您一看就超過六十五歲。」

「我說你也太老實了吧。」

「不好意思啦。」

齋藤店長愉快地笑了。

「因爲我一直很掛念您啊。」

「怎麼說？」

「您雖然年紀大了，但眼睛還是炯炯有神，很有幹勁的樣子。老實說，我本來想請您來當早班的清潔員，但後來想一想，您在湊屋應該比較有發揮的機會。」

最後，齋藤店長詢問琴子，願不願意抄下聯絡方式，講完就掛斷電話了。

琴子茫然地掛斷電話，原來眞的是船到橋頭自然直啊。

當然，這份工作還沒眞的談成。就算談成了，也不敢保證一定做得好。

不過，琴子好久沒品嘗到被需要的感覺了。

上一次體會到這種感覺，是丈夫來店裡買手帕，向她告白的時候。琴子回憶這種感覺，熱淚盈眶。

第三話
目標存下一千萬！

眞帆在手機上輸入個人資料。

姓名、住址、電話號碼……這些資料她輸入過很多次了，光是打上幾個字，後面整段文字就會自動顯示出來。輸入完以後，要勾選是否接收電子報和電子明細。再來，要輸入自動轉帳的銀行戶頭。眞帆拿出錢包裡的提款卡，照著上面的號碼輸入。

最後要輸入老公的年收、現在的住宅狀況（是租屋、自有住宅，還是社會住宅）、有無負債、存款金額等等，各家信用卡公司要求的資料有些許不同。

所有資料都輸入好，眞帆按下螢幕上「是否以此內容提出申請」的大型按鈕。按下去後，立刻跳到下一個畫面。

「稍後將傳送驗證郵件，若二十四小時後仍未收到，請撥打以下電話號碼。」

叮，鈴聲響起，驗證郵件一下就寄來了。

接著再回傳資料，就大功告成。

全部都處理好後，井戶眞帆嘆了口氣。這些流程幾乎已經是例行公事了，但她還是不免有些緊張。

只要出一點小差錯，就可能拿不到點數，或是要等好久才拿得。

眞帆扭扭脖子，揉揉肩膀。三歲的女兒佐帆正在睡午覺，通常下午兩點到三點半這段時間，是她「賺零用錢」的時候。

所謂的「賺零用錢」，泛指利用網路或家庭手工賺取微薄的收入。一般家庭主婦不用出門就能賺到錢，很多教人省錢的理財雜誌或主婦雜誌，都有介紹這樣的工作機會。

眞帆計算著，月底前可以拿到價值五千圓的點數。

有這麼多點數，對她來說很夠用了。

不過，這個月她希望再多賺一點。下禮拜幾個專校時代的好友，要一起去表參道的法式餐廳吃午餐。午餐要三千八百圓，再算上飲料和小費，應該不只這價格。

去年秋天，她在網路上的二手平台買了一件兩千圓的洋裝，她打算穿去赴約。雖然不是當季商品，好歹也是大型百貨都看得到的名牌貨。上面有簡素的茶色小花紋，爸媽和老公太陽都說那件洋裝跟她的髮色很相稱。

整個家族中，只有眞帆的髮色是褐色的。以前念中學的時候，老師常拿這一點刁難她，讓她吃了不少苦頭。但也多虧天然的褐色頭髮，畢業後她不用去髮廊弄頭髮，外型也相當時髦。

那件洋裝還沒在朋友面前穿過，所以這次的飯局她只準備一副新的耳環。新耳環同樣是網路上買的，那個平台專門販售手工飾品和雜貨。原本要價六百圓的耳環，打折後只要五百圓。在去年底大受好評的電視劇裡，女主角也戴了一副相似的耳環。耳環以珍珠和金鍊子串成，眞帆戴上那副耳環，髮間隱約可見閃亮的珍珠，看上去很可愛。當然了，正品要價三萬圓以上，她可買不下手。

眞帆決定再多看一下網頁。

家庭主婦賺零用錢的網站還不少，眞帆用的是「私房小錢包」，這個網站上就有提供很多賺錢的方法。

比方說，在網路上購物時，透過「私房小錢包」這個網站，就可以獲得一％的回饋點數。此外，最常見的方法，就是回答網路問卷。

開設銀行帳戶、證券帳戶、外匯帳戶，也能獲得不少點數。

最近眞帆常用的方法，是申請各家銀行的信用卡。而且她專挑有活動的時候，可以拿到比較多的點數。

事實上，她幾乎沒用過那些信用卡。銀行寄來的卡片，她全都集中在一起，每半年一次剪卡寄回。

銀行爲了吸引更多人辦卡，祭出點數優惠。拿了點數就剪卡，難免過意不去，但對在家顧小孩的家庭主婦來說，這也不失爲賺錢的好方法。

過去眞帆還開設外匯帳戶來賺錢。

近年來，新的證券公司如雨後春筍，越開越多家，各家都拿出甜頭吸引新客戶。有時候可以賺到價值五千圓的點數，高一點的甚至還有兩、三萬圓的點數。

不過，要享受甜頭有嚴苛的限制，首先戶頭要存入十萬到三十萬圓不等的資金，而且要達到一定的交易次數。

眞帆只是待過證券公司，對外匯交易並不熟悉。曾經有上司說過，外匯交易說穿了跟賭博沒兩樣，反對自家公司從事外匯交易。一開始眞帆看到要交易才能賺取點數時，也捏了一把冷汗，因爲很有可能在短時間內賠掉好幾萬圓。最後，眞帆決定出手後直接平倉，用這種方式只會賠一點手續費。

申請信用卡倒不用這麼緊張，但申請次數有限制。大多數銀行只對新客戶提供優惠，眞帆從去年開始申請，如今已經很難找到有點數優惠的銀行了。

可以一邊顧小孩一邊賺錢的方法，再來就剩下小額的股票投資，或是上二手平台賣家中用不到的物品。

眞帆用的是M證券公司的戶頭，一天交易額十萬圓以下，就不會收手續費。她都專挑一些高配息股，慎選時機出手，賺到幾千圓就賣掉。

通常除權息的前兩個月股價都會漲，眞帆會先買起來放。萬一股價跌了，就放到除權息的日子領股息或股東優惠。用這種投資方式，目前還沒有大賠過。

饒是如此，眞帆依舊提醒自己，不能都靠股票賺外快。

她待過證券公司，知道股票和投資沒有穩賺這回事。有一次，她買的高配息股，突然宣布停止發放股東優惠，導致價格大跌，害她賠錢。

單身也就罷了，現在有小孩，用的又是老公辛苦賺的錢，絕對不能侵蝕到家中的積蓄。

眞帆限制自己只能花五千圓的零用錢，所以每個月賺幾千圓到一萬圓也就夠用了。剩下的錢就存下來，以備不時之需。

自己的零用錢自己賺。

從老公的薪水裡撥一份來用也不是不行。但自己賺錢，用起來比較開心，也沒什麼顧忌。

老公太陽是消防員，薪水連同加班費才二十三萬多圓。工作是很穩定，但薪水實在稱不上多。

每個月十七號發薪，當天一早，真帆會去銀行，領出四萬五千圓。其中兩萬圓是伙食費，五千圓是日用品開銷，這兩筆錢全都換成千圓鈔票，放進家用的粉紅色錢包裡。這樣自己的零用錢和家用的錢才不會混在一起。

那個粉紅色錢包，是她高中時用自己的壓歲錢和零用錢買的。邊邊角角的地方有一些破損了，但其他地方保養得還不錯，漆皮還很亮。那時候她真的好想要這個錢包，買到的時候開心得不得了。因此，她明知道這麼年輕的款式已經不適合自己了，仍然愛惜使用。

回到家，她會把二十張千圓鈔票分裝到五個信封裡，每個信封裝四千圓，這四千圓就是一個禮拜的伙食費。最後一個禮拜還有多的錢，就拿來買調味料或充當自己的零用錢。

太陽每個月的零用錢是兩萬圓。前陣子還只有一萬圓，但太陽抱怨不夠用，便增加到兩萬圓。每個月的零用錢就裝在銀行的信封袋裡，她跟女兒佐帆會在信封袋上貼貼紙或畫畫，再寫上「謝謝爸爸，工作辛苦了」。

所有收支都會寫在記帳本上，記完帳，闔上記帳本的那一刻，會有種難以言喻的滿足感。記帳本封面上還寫著幾個大字：「目標存下一千萬圓！」

這個金額是眞帆決定的，她在主婦雜誌上看過一篇特別報導，內容是說第一個小孩上大學前，要存到一千萬圓。她才明白，孩子上大學時，家中有一千萬圓的積蓄，心裡也會比較踏實。

當然，這都是從雜誌上讀來的，但實際將目標寫在記帳本上，對眞帆來說是極大的寄託和依靠。

如果能存到一千萬圓，面對未知的將來，至少也安心一點。

乍看之下，每個月都過得挺拮据，但太陽的年終獎金二十八萬圓也存下來的話，一年可以存下一百萬圓。多的錢就用來旅行或購買新家電，日子倒也愜意。

不過，有了小孩以後，旅行就只去鄰近的溫泉地，較大的開銷也只剩下嬰兒床這類物品。眞帆和太陽省吃儉用，把大多數的錢都存下來。只要看到記帳本封面上的目標，這些辛苦都甘之如飴。

井戶家每月的收支大致如下：

薪資：二十三萬圓（扣稅後實際收入）

房租：八萬八千圓
伙食費：兩萬圓（四千圓×五週）
雜費：五千圓（日用品等）
零用錢：兩萬圓（太陽的）
手機費：五千圓（兩人合計）
水電費：一萬圓
保險費：兩千圓（太陽的）
預備金、娛樂費：兩萬圓
儲蓄：六萬圓

房租、水電等費用，都是直接轉帳，儲蓄也是用零存整付。育兒津貼則全數存入另一個戶頭裡。

眞帆也希望每個月再多賺一、兩萬圓。等佐帆上幼兒園，她打算回歸職場，多賺一點錢來貼補女兒的學費。至於現在的生活，她還算滿意。

發薪那天，眞帆多半會煮漢堡排。

材料是絞肉、瀝乾水分的豆腐，以及罐裝玉米。漢堡排在平底鍋上兩面煎熟，放上香軟的起司，再用百圓商店買來的牛肉燴飯調理包充當醬汁。

太陽很喜歡這道特製漢堡排，有濃稠香甜的醬汁，還搭配甘甜的玉米和起司。眞帆做這道菜，也是對老公辛苦工作的犒賞。

傍晚時分，太陽回來了，打招呼的聲音聽起來很有精神。

聽到老公的聲音，在廚房做飯的眞帆忍不住笑了。佐帆不懂媽媽爲什麼笑，但也學媽媽掩嘴偷笑。

「咦？你們在笑什麼？跟我說啦。」

曬得健康黝黑的太陽笑咪咪的，一把抱起佐帆。

「你先去洗手換衣服，今天吃漢堡排喔。」

「今天吃漢堡排喔，老爸。」

眞帆要佐帆叫她「馬麻」，太陽卻要佐帆叫他「老爸」。據說，那是他長久以來的夢想。

太陽稱呼父母，也是叫「媽媽」和「爸爸」，所以這要求說來也奇怪。眞帆猜想，這跟有些人會替寵物取「招福」「來福」的名字，大概是同一回事吧。

復古到一個地步，聽起來反而很潮。

太陽抱著佐帆晃來晃去，還發出怪聲逗女兒開心，兩人嘻嘻哈哈前往浴室。眞帆在外頭大喊，要他們乾脆一起沖個澡。

太陽應了一聲，也聽不出是好是還不好。

這一切日常片段，讓眞帆覺得好幸福。

「哇！」

眞帆的好友小春秀出婚戒時，驚豔了在場所有人。

禮拜六，一群好友約在表參道附近的法式餐廳享用午餐。套餐要價三千八百圓，其他朋友都點香檳來喝，眞帆點的是氣泡水，大伙一同慶祝小春訂婚。

戒指是蒂芙尼的，上面有一顆很大的心形鑽石，旁邊還圍著一圈小鑽石。鑽石在餐廳的吊燈下閃閃發光。

「這是一．二克拉。」

小春說這句話時，聽得出來她盡可能壓抑自己亢奮的聲音。

大顆鑽石在她纖細的無名指上，好像快掉下來一樣。

「看到這顆鑽石，我都不敢問要多少錢了。」

四個好姊妹當中，奈美個性最爲大而化之，平時比任何人都健談。她面帶微笑（看在老朋友眼裡，總覺得夾雜著一絲苦笑）說出了這句話。

「沒有這麼貴啦。」

小春笑得更得意了，並沒有說出價格。

那種態度，彷彿藝人在記者會上公布喜訊似的。

「是幸太郎買給你的？」

郁乃提問的時候，語氣也是誠惶誠恐。她在東京的一家小食品公司擔任會計，目前正在準備稅務士的資格考。郁乃學生時代功課很好，只是個性內向，不善表達情感。

「這個嘛……」

小春歪著細長的脖子沉吟了，看不出她是在思考，還是不想回答這個問題。

「我也不太清楚，沒問這麼多。他父母應該也有幫忙出錢吧？」

小春說過，她的未婚夫是普通上班族。未來的公婆則在千葉經營一家大型工程公司。

專校畢業，開始工作後，小春在一次聯誼上認識了現在的未婚夫。當初她透露雙方認識的經過，但幾個好友根本不在意男方家是做什麼的。

說實話，那時候大家好奇的是男方的條件，好比身高、體重、長相、工作之類的。男方的父母在郊區經營工程公司一事，她們壓根沒放在心上。

豈料，現在婚約敲定，這個條件會造成如此重大的影響。

而且，小春的公婆還在豐洲買了一間新大樓公寓，給他們當新婚的居所。

「公婆只出買房的錢啦，每個月的管理費和修繕基金，肯定不便宜。」

講是這樣講，但這兩筆費用加起來，也比眞帆家每個月的房租便宜吧。更何況，那還是位在豐洲蛋黃區三十多坪的高級公寓。

「啊，你說的那棟新大樓……一戶應該要兩億圓。」

奈美在不動產公司上班，對房地產知之甚詳，一下心直口快說出行情。

小春個子清瘦高䠷，身材不錯，唯獨眼睛是單眼皮，長相並不出衆。後來到百貨公司上班，被分發到精品部，整個人都變了。

高級套裝穿在她身上，和高䠷的身材相得益彰。單眼皮經過化妝，看上去很像國外的亞裔模特兒。刻意留長的頭髮，更突顯出女性魅力。據說，那一次聯誼，是男方積極追求她的。

結禮預計辦在惠比壽的高級飯店，接著會去義大利度蜜月十天，想必也是一趟豪華的旅行吧，機位和旅館肯定都訂最好的。

眞帆偷偷嘆了幾口氣，沒讓大家發現。

「對了，佐帆怎麼樣了？應該長大了吧？」

享用前菜、沙拉、湯品、主菜的時候，大家都在聊小春結婚的話題，直到吃完油封雞肉，奈美才問起眞帆的女兒。她應該也不是眞的關心佐帆，純粹不想再聽到小春嫁入豪門的話題吧。

「長大了不少，都三歲了。」

眞帆拿出手機，找出女兒最近拍得最好看的照片。照片是上禮拜天拍的，女兒坐在公園的鞦韆上，老公在後面推著她。

「小不點長這麼大了。」

「想不到啊……」

奈美和郁乃嘖嘖稱奇，小春依舊和顏悅色（婚約敲定後，她在朋友面前也沒顯露過其他表情，因此眞帆也不知道她心裡是怎麼想的）。

「想不到什麼啦？」

眞帆被好友的說法逗笑了，奈美大嘆一口氣。

「上次看到佐帆的時候，她的手還跟楓葉一樣小，現在已經長得這麼大，可以自己溻鞦韆了，眞的感觸良多啊。我就在想，自己這些年到底在幹什麼。」

眞帆這才想起，女兒出生沒幾天，她們三人都有來探望，還輪流抱了抱女兒，摸摸女兒小巧的手和軟嫩的臉頰。

「奈美，你在職場上不也做出一番成績？」

奈美今年考取不動產經紀人的證照，目前正努力考取室內設計師的資格。夢想是將來蓋一棟自己設計的公寓。

「我說啊，太陽還眞的是陽光型男耶。」

郁乃一直盯著照片。

「嘿嘿，還好啦。」

老公長相帥氣，眞帆也引以爲傲。

她跟太陽高中時就交往了，彼此也是對方的初戀。太陽擔任消防員，每天都要鍛鍊身體，所以體格十分精實。

太陽五官深邃端正，女兒的長相也遺傳到他。父女兩人在一起，活像廣告上的模特兒。

「一開始聽到你二十三歲就要結婚，還是嫁給同年齡的人，我不能理解為什麼。現在看到你有一個這麼可愛的孩子，我認為這也是不錯的選擇。」

奈美看了郁乃一眼，尋求她的認同，郁乃也點頭同意。

眞帆卻疑惑了。

她不太懂這話是什麼意思，一時愣住了。

「對啊，那時候我很佩服你，敢下這麼大的決心。可是，現在看到佐帆這麼可愛，我覺得這選擇也不壞。」

兩位好友似乎眞的很佩服眞帆。

「你拋下自己的工作，把人生都賭在老公身上，對吧？太有勇氣了。」

大家是這樣想的嗎？

眞帆吃著加了蘋果和杏仁的奶油派，內心五味雜陳。

眞帆只有一條小小的鑽石項鍊。那是太陽在學生時代，辛苦打工買給她的禮物。

上面有三顆小鑽石，像流星一樣串在一起，設計得很可愛，眞帆收到時非常開心。那時太陽沒什麼錢，卻還是努力送她高價的禮物。

他們沒有買訂婚戒指。

眞帆知道太陽沒什麼錢，況且那條項鍊上已經有鑽石了，她也別無所求。尤其公司的前輩告訴她，訂婚戒指那種東西只有婚前會戴一陣子，生小孩後就不會戴了。眞帆想一想，覺得也有道理，就沒買訂婚戒指了。

不過，他們有買卡地亞的結婚戒指送給對方。款式很樸素，但他們都很滿意。

然而，當她看到小春手上大顆的心形鑽石，還是不免心動。

老實說，她也好想要。

眞帆好想試戴一下，好好欣賞鑽石耀眼的光彩。然後再去外面秀一下，博得幾句讚美。最好還能收進自己的珠寶箱裡，不時拿出來欣賞。

過去她從沒過這樣的念頭，對珠寶也沒有太大興趣。應該說，平常生活太忙碌，連去逛百貨公司的時間也沒有。

原來，沒眞的見識到好東西，就不會產生欲望。

一看到大顆的鑽石，她甚至覺得自己項鍊上的是鑽石碎屑，比那顆心形鑽石周圍的小鑽石還要小。

她一直很重視那條項鍊，只有重要場合才會戴出去。

可是，那天她很慶幸自己沒戴那條項鍊去聚餐。否則跟小春的鑽戒一比，絕對相形失色。

眞帆的意志動搖了，但以現在的狀況，想買鑽石，那叫不切實際。或許過一陣子，這個念頭自然就會消失了吧。

眞正讓她難過的，是奈美和郁乃的那一番話。

兩位朋友也沒有惡意，她們說眞帆進入職場沒多久就結婚，還果斷辭掉工作，所有人都嚇了一大跳。

接著奈美和郁乃還說，她們肯定沒那種勇氣。她們在職場上和情場上，都還有自己的目標，換做自己肯定繼續騎驢找馬，沒那麼快定下來，因此很佩服眞帆。

她們說的是眞心話，但這些話接在小春即將嫁入豪門的話題之後，聽起來很像在挖苦眞帆。

眞帆很後悔自己沒有馬上回嘴，質問她們到底是什麼意思。如果問個清楚，就可以知道她們眞正的想法，心裡也不會憋得不痛快。

那頓飯吃到後來，眞帆心情煩悶，她終於知道，朋友是如何看待自己的。

眞帆回想起自己新婚的往事，以及當時的夢想。

他們沒有出國度蜜月，只買便宜的機票去沖繩玩，開車繞沖繩一圈而已。整趟旅程開銷不大，但吃了不少美食，晚上還住在海邊的小木屋，度過浪漫的一夜。

不過，眞帆其實很想去夏威夷。

無奈太陽那時候剛就職，沒辦法請長假。況且，考量到日後的新婚生活，她也不敢一次花太多錢。

因此，總有一天要去夏威夷玩，就成了一個空泛的願望。

去夏威夷玩不只是她新婚時的夢想，主婦雜誌也經常有夏威夷旅遊的特別報導，她每次看了都好羨慕。

眞帆仔細閱讀報導，最後得出一個結論，那就是去夏威夷玩非常划算。

首先，那裡有拍不完的景點，可以貼在社群網站上炫耀。

再來，夏威夷有很多名產，買來送禮，大家一定會喜歡。

第三點（就某種意義來說，這或許是最重要的理由），夏威夷不是很特別的觀光地，大家只會稍微羨慕一下，不會心生嫉妒。

當然，出國玩肯定是不小的開銷，可是，與其花錢去冷門的秘境溫泉或亞洲景點，不如去夏威夷玩，至少自己玩得開心，大家也滿意。

穿著長裙的年輕媽媽，帶著小孩子在白淨的沙灘戲水，這幅景象拍成照片一定很美吧。眞帆光想就陶醉了。

她好想在海邊餐廳享用早餐，買幾件便宜又可愛的童裝。夏威夷有很多日本不常見的服裝款式，而且價格又不貴。報導中還提到夏威夷的餐車很受歡迎，她想吃餐車賣的夏威夷炸蝦，還有炸甜甜圈。

免稅商店有賣LV的錢包，她也好想要。

主婦雜誌也經常介紹LV的商品。LV是高級名牌貨，但款式比較生活化，永遠不會退流行，可以一直用下去。買一個錢包，眞帆有自信用十年以上，所以這絕對稱不上奢侈的開銷。

另一個理由她不大好意思說出來。萬一日後用膩了，或是家中缺錢，就拿去當鋪典當，不然拿到網路上賣也行。這個品牌的包包很好換現金。

眞帆每天被生活壓得喘不過氣，也不敢做這些夢。

她不禁思考，自己這麼辛苦到底是爲了什麼？

其實眞帆也沒有明確的目標，她只是爲了女兒的將來，想存到一千萬圓罷了。但這樣眞的好嗎？人活著就應該好好享受當下，這種人生觀和金錢觀也沒什麼不對呀？

她每個禮拜去兩趟超市，每次都會計算放進購物籃裡的東西的價格。這些年來，她養成了買東西一定先看價格的習慣，很久沒有衝動購物，至於花大錢享受，她早就放棄了。

佐帆也不會央求買點心或玩具了，因爲知道媽媽絕對不會買給她。

但這種生活眞的好嗎？

「姊，你後悔結婚喔？」

禮拜六，妹妹來家裡作客，直截了當問了一個敏感問題。

「我又沒這樣講，只是……」

「老實說，我當初也很佩服你敢辭掉工作。」

「咦？」

「現在很少人一結婚就辭掉工作吧，至少也會等到懷孕才辭掉工作。」

「這……太陽有時要上夜班，我不辭掉工作的話，兩邊的作息時間沒辦法配合啊。」

眞帆一時語塞，便搬出她當初向大家說明的藉口。

實際上，眞帆辭掉工作，另有原因，她從沒跟家人說過，連妹妹也不知道眞正的原因。

眞正的原因是，證券公司訂下的業績門檻太高，要跟客戶拉業務，眞帆實在受不了做這件事。

每到月底，她必須打電話給自己僅有的幾名客戶，昧著良心說謊話。比方說，客戶已經買了一百二十萬圓的貨幣基金，她會用高收益爲誘餌，勸客戶換成澳元，或是改買日本企業的債券基金。當初她一進公司，就知道自己不適合拉業務。

如果公司賣的是眞正賺錢的金融商品，她還不會這麼痛苦，偏偏那時候日幣狂升，澳元和美元也等不到好的買點，股價更是一灘死水。

客戶也知道這點，所以不會輕易被說服。眞帆爲達成業績門檻，什麼話術都用上，可以說無所不用其極。

所以，銀行向奶奶推銷差勁的金融商品，她也沒資格數落對方，因爲她自己也做過一樣的事情。

工作的辛酸她只跟太陽抱怨過。幾乎每次約會她都在大吐苦水，於是太陽向她求婚，叫她乾脆辭掉工作。

眞帆很高興地答應了，但這件事她不敢告訴任何人。畢竟，老公會跟她求婚，是看她一直抱怨工作辛苦，這話傳出去既不好聽，也不浪漫。

「那就沒什麼好抱怨啦，姊夫的工作就是這樣嘛。」

美帆一副理所當然的語氣。

「也是啦，可是……」

「你不用在意啦。」

但那不是結婚唯一的理由，所以眞帆才會在意。

「對了，姊，我打算搬家。」

「咦？」

眞帆看著美帆，美帆臉上多了一抹靦腆的笑容。

「眞的？」

「嗯。」

「你要搬去哪？」

「……就這一帶啊……就、十条？」

「眞的假的!?你怎麼想通了？」

美帆轉頭望向佐帆。

「上次聽你那樣講，我想了很多，也花了時間研究……我還去聽理財講座，連相關的早餐會都去了，說穿了就是讀書會啦。」

「不錯啊。」

「去了我才知道，大家講的都大同小異，跟你告訴我的差不多。都是叫人節省固定開銷，把每一筆小錢存下來。」

「是這樣喔？」

「是啊。要怎麼說，我其實很佩服你，你教我的東西對我幫助很大。」

「你今天吃錯藥喔，竟然會稱讚我。」

眞帆嘴上不承認，心底卻很高興。自從妹妹開始工作以後，她總覺得姊妹的關係疏離了，想不到妹妹還會稱讚她。

「反正，我打算開始找房子。」

「你搬回來我也很高興。以後我們可以常常碰面，你就多幫我照顧佐帆吧。」

「饒了我吧。」

眞帆皺眉求饒，隨後又哈哈大笑。

是奶奶。

眞帆來到商店街中央，看到奶奶坐在其中一家店鋪前，淚水差點奪眶而出。

「是祖奶奶！」

佐帆在一旁大喊，完全沒察覺到母親神色有異。佐帆伸出小小的手指，問眞帆那是不是祖奶奶，表情看上去很驕傲。

她是替一眼就認出祖奶奶的自己感到驕傲？還是替辛苦工作的祖奶奶感到驕傲呢？

一開始聽說奶奶要在商店街的和菓子店工作，而且是在店頭賣糰子，全家人和親戚都相當驚訝。

最震驚的莫過於眞帆的父母。尤其眞帆的父親，得知年邁的老母親要出去工作，好一陣子都說不出話來。

反倒是美帆最理性。她去奶奶家，兩人聊了一整晚，最後傳LINE告訴大家不用擔心。她說，奶奶年輕時在銀座的百貨公司工作過，很擅長接待客人。她也轉達了奶奶的意願，奶奶希望趁身體健康時，再次踏入職場。

眞帆這才稍微放了心。令她訝異的是，原來奶奶年輕時當過百貨公司的專櫃小姐。

眞帆懂事以來，奶奶在她心目中就是一個廚藝高超、性格穩重的長者。她沒想過奶奶前半生是怎樣的人，更遑論奶奶年輕時的經歷。

其實仔細想一想，奶奶也年輕過，以前當過漂亮時髦的專櫃小姐，一點也不足爲奇。

因此，她把這當成深入了解奶奶的好機會。

不過，實際看到奶奶綁著頭巾顧攤位，眞帆默默掉下了眼淚。

「馬麻，你怎麼哭了？」

佐帆一臉驚訝，眞帆趕緊擦掉淚水，偏偏眼淚停不下來，不知該如何是好。

奶奶穿著一件深藍色的制服。

如果是她們這一輩的年輕人穿制服打工，那還沒什麼話說。但現在穿制服打工的人，竟然是奶奶，那個端莊穩重、成熟世故的奶奶。這帶給眞帆很大的衝擊。而且，奶奶看上去好弱不禁風，好像在看小朋友第一次幫媽媽跑腿買東西一樣。

「哎呀，眞帆，你怎麼啦？這邊還有其他客人呢。」

要不是奶奶以溫柔又嚴肅的語氣勸慰她，她大概會繼續哭個不停吧。

眞帆知道奶奶每週打工三次，大多排在禮拜三和六、日，也不時會去探望奶奶。但她遠遠看到奶奶顧攤位，心中還是不免酸楚。

「眞帆、佐帆，歡迎你們來啊。」

奶奶笑咪咪地迎接她們。

「奶奶，你什麼時候休息？」

「下午兩點。」

「那我先去買東西，晚點我們一起喝茶好嗎？」

「好啊，那我們兩點多在那邊的咖啡店碰面吧。」

眞帆帶著佐帆採買完，前往咖啡店赴約。奶奶已經脫下頭巾和制服，在那裡等她們了。

奶奶的眼睛炯炯有神，氣色也不錯。不管怎麼看，奶奶的確比以前更有朝氣。

「奶奶，你會不會累？還好嗎？」

眞帆還是擔心奶奶，忍不住關心了一下。

「不會累啦，店主讓我坐著接待客人，很輕鬆啊。」

根據奶奶的說法，目前還是試用期，薪水一小時九百圓。下個月起，薪水調整到一小時一千圓。

「我只要坐在那裡，面帶微笑，有客人來陪他們聊一聊就好。而且我傍晚就下班，不用負責麻煩的結算和報表作業，眞的很輕鬆。坐著就有錢拿，多不好意思啊。有多的甜點或豆皮壽司，還會讓我帶回去呢。」

聽說除了奶奶以外，店家還雇用了兩位老婆婆輪班。

「找一天來家裡玩吧，我拿到很多即期的米菓喔。」

「看你做得這麼順利，我也放心了。」

眞帆鬆了口氣。但她想起奶奶決意出去工作時，全家人有多擔心，因此，接下來這句話她不得不講。

「可是爸好像還是很難接受。」

父親埋怨奶奶，爲何沒有找他商量就自作主張。他甚至還對母親抱怨，老人家年紀這麼大，跑去商店街顧攤位，成何體統。

「他在抱怨什麼啊？如果我年輕時沒去百貨公司上班，也不會認識你爺爺，更不會生下那小子。現在才抱怨不嫌太晚嗎？」

「爸也有他的立場嘛。」

奶奶決定要工作時，才說出她和爺爺相識的經過。兩人是戀愛結婚的，在那個年代是非常罕見的事情。有機會聽到爺爺的故事，眞帆挺開心的，但父親可不這麼想，他認爲那是兩碼子事。

「奶奶，你結婚時就辭掉工作了，對吧？」

眞帆一時興起，決定打聽一下。

「當然啊。」

「你不會後悔嗎？」

「那個年代就是這樣，我們根本沒想過婚後可以繼續工作。跟上司報告婚訊，也就等於是口頭請辭。」

「也是啦。」

眞帆點點頭，喝了一口冰咖啡，不自覺地低下頭來。

「怎麼啦？有什麼煩惱說來聽聽吧。」

「……其實呢。」

眞帆說出了那次餐敘的對話，還有小春結婚的事情。

「所以啊，我想了好多。」

「你想的是自己的工作？還是朋友的婚約？」

「都有吧。看到朋友結婚，什麼都不缺，我蠻驚訝的。還有啊，我從沒想過，那些朋友是這樣看待我的婚事。」

於是，眞帆說出了壓抑已久的眞心話。

「我想，她們一定拿我和小春互相比較吧。原來結婚這件事，光是嫁的對象不同，命運就有這麼大的差別。人家有豐洲的高級公寓，我卻住在十条的小公寓。」

「不要說這種話，太陽是個好人，佐帆也平安健康，你很幸福啊。」

這些事情眞帆也明白，但明白歸明白，心情還是很鬱悶。

「我們之前不是聊到羽仁女士的記帳本嗎？」

「啊，我記得奶奶說過，高祖母嫌羽仁女士太嚴肅，對吧？」

「沒錯。不過羽仁女士說了很多至理名言，比如，她推薦大家透過記帳，做好生活規畫。」

「用記帳做生活規畫？」

「對，羽仁女士主張，記帳本不只是用來記錄開銷，事先安排計畫也很重要。每個月有多少收入、多少支出，還有自己能用多少錢，這些都要掌握好才行。」

「是喔。」

「眞帆你跟我不一樣，你有能力做出某種程度的安排。至少到佐帆工作之前，你都有安排了吧。所以啊，只要有個大概的計畫，了解未來二十年你會在什麼情況下，使用多少錢就好。你可以再重新思考一下，自己到底需要多少錢。這樣就不會焦躁不安，或是跟別人比較了。」

「嗯。」

奶奶的建議十分懇切，其中幾句看似平淡的話，反而勾起了眞帆的好奇心。

「奶奶，爲什麼你說我們不一樣……？你的意思是，你無法預測自己未來的人生？」

「難道不是嗎？我也許明天就死翹翹了啊。」

奶奶俏皮地笑了，眞帆不太能接受這個說法。

「如果明天就死翹翹，那就不需要錢了啊。」

奶奶輕嘆一口氣。

「……老實告訴你吧。奶奶我啊，一想到未來的人生也是很不安。」

「咦？怎麼說？」

奶奶一直給人端莊穩重的印象，住在別緻的獨棟房子裡，擁有漂亮的家具和餐具，平日勤於記帳，認眞生活。對眞帆和整個家族來說，奶奶是大家的模範。有這樣的奶奶，眞帆既驕傲又自豪。

「我不知道自己接下來的人生會花多少錢。你爺爺去世以後，年金也少了大半。當然，我是有一些積蓄，但那筆錢不能隨便動用，否則未來需要請看護，那該怎麼辦。」

「這才是你開始工作的理由嗎!?」

「也不只是錢的問題。我確實想再一次踏入職場，但錢不太夠用也是事實。」

眞帆不曉得該說什麼才好。

「有機會跟你聊這個，我想也是一件好事，其他家人我沒跟他們說過。日後我可能要麻煩你們照顧，但我盡量不想依賴別人。所以啊，眞帆，請你保密不要告訴你爸媽好嗎？」

「我知道了……可是，奶奶還是應該找機會跟他們講清楚。」

「我自己會找時間告訴他們的……況且，我的經濟狀況還可以，沒那麼糟。」

眞帆想起來，之前談到存款利率的時候，奶奶透露自己還有一千萬的儲蓄。這筆錢確實是有的。

「好，我會支持奶奶的。需要幫忙的話，跟我說一聲。」

「我是眞的喜歡工作，每天都過得很幸福呢。」

最後奶奶說完這句話，臉上露出了眞誠的笑容。

當天深夜，眞帆接到了一通電話。

眞帆一家人都要早起，所以晚上十點就入睡了。太陽先被電話聲吵醒，眞帆發現老公醒過來，也跟著醒了。

「不是我的電話喔。」

太陽看著手機，睡眼惺忪地說道。

「咦？」

眞帆的手機調成震動模式，況且，深夜會接到電話的多半是太陽。因此，眞帆壓根沒想到自己的手機會響，她趕緊掏摸枕頭邊。

一看來電顯示，是小春打來的。

「眞帆？」

電話另一端傳來女子哭泣的聲音，眞帆更加訝異了。

「小春，你怎麼了？」

「對不起，眞的很對不起。」

「怎麼了？出什麼事了嗎？」

小春哭哭啼啼，希望來家裡見眞帆一面。

「你要來我家是沒關係……你自己一個人嗎？你人在哪裡啊？」

「我在銀座……我搭計程車就好。對不起，給你添麻煩了。」

眞帆爬下床，在睡衣外披上一件罩衫。太陽問眞帆出什麼事了。

「小春好像出事了。她說現在要過來一趟，我會把門關好，你不用擔心，繼續睡吧。」

佐帆睡在兩人中間，幸好沒被吵醒。

太陽鑽進被窩前，還提醒眞帆，需要的話可以叫醒他沒關係。

眞帆家的格局，一進門就會看到廚房和餐桌。眞帆和小春只能在那談話，一想到小春未來會住在高級公寓，她就好自卑，但也沒其他辦法了。

已經春天了，深夜還是很冷。眞帆打開電暖爐，煮好一壺熱紅茶等小春到來。

這時，外頭有人輕聲敲門。眞帆趕緊應門，只見小春淚汪汪地站在外頭。

「你怎麼了？沒事吧？」

「嗯。」

小春害臊地笑了，想必是搭車時稍微冷靜下來了吧。

「到底出什麼事了？」

兩人一坐下來，小春大嘆一口氣。

「跟你說，我可能要退婚了。」

「咦？」

小春喝了一口紅茶。

「我發現了一件很嚴重的事情。」

感覺接下來會聽到不得了的大事，眞帆也緊張起來了。

「我差點被投保高額保險，而且是在我完全不知情的情況下。」

「到底是怎麼回事？」

根據小春的說法，雙方敲定婚約後，未婚夫就跟她討印鑑和身分證。

結果今晚，她去銀座的高級餐廳和對方的父母吃飯，差點簽下高額保險的合約，而且受益人竟然是未婚夫和他的父母。

「高額保險？是多高額啊？」

「大約一億圓。」

眞帆一聽到這數字，突然覺得小春無名指上那顆閃閃發亮的鑽石，看起來好恐怖。

「眞的假的？不過，也許人家是爲你好啊。講到高額保險，好像都會聯想到殺人詐領保險金。但這終究是一種保障啊。」

「我婆婆也是這樣講，人家還買了高級公寓給我們嘛。他們家生意做很大，所以買保險以備不時之需，對他們來說很正常。」

「原來喔。」

「可是，我就問他們，那幸太郎有投保嗎？他們說當然有，但受益人不是我。我又問，那結婚以後，受益人會改成我的名字嗎？然後他們就發飆了，說我這個媳婦講話太過分。這也太莫名其妙了吧？」

「……我懂。」

小春語帶保留，不好意思講得太難聽，畢竟那是未婚夫的父母。但眞帆可以理解小春的感受。

「婆婆平常很有氣質，結果當場變臉……我一直道歉，她都不肯接受……未婚夫也裝死，都不替我講話。後來，我就直接離開了。」

「這樣啊……」

「眞帆我問你，公婆都是那樣的嗎？我想說你結婚了，又比較懂保險，看能不能指點我一下。」

「呃，每個家庭不一樣吧，不能一概而論。」

「那你是怎麼想的，我可以跟他結婚嗎？」

眞帆不知該如何答覆才好。老實說，她不認為有必要放棄婚約。

她不清楚對方的父母爲何要替媳婦投保高額保險，但有這種家庭也不足爲奇，總不可能眞的殺死媳婦詐領保險金吧。

真正的問題是，夫家把媳婦成自家的所有物，未婚夫又不願意挺身而出，保護自己的妻子。

雖說如此，真帆也沒有明確的證據來反對這樁婚事。

「……你應該先跟幸太郎好好談一談吧。」

到頭來，她也只能給出千篇一律的答案。但這種情況下，溝通才是最重要的吧。

「你應該告訴幸太郎，你被他父母的要求嚇到了。順便問清楚，他們一家人的用意是什麼。告訴他，未來你跟他父母吵架時，他應該要挺你才對。先把你想說的全都說出來吧，如果他不能體諒你的心情，再來考慮退婚也不遲啊。」

目前還不知道對方是怎麼想的，或許，他根本沒發現小春需要他相挺。

「真帆，你那時候是什麼情況？都沒有猶豫或爭執嗎？」

「我跟太陽交往很長一段時間，他的父母我高中時候就認識了……」

「真好，我好羨慕你喔。」

真帆很意外。有機會嫁入豪門的小春，竟然會羨慕自己？

「你別看我這樣，對於結婚，我也是有很多迷惘。」

「不會吧!?你們不是一直很恩愛？」

「我個人有不少問題啦……比方說，我當初決定結婚，主要是想趕快辭職的關係。有件事我從來沒講過，其實我以前工作不太順利。證券公司的業績門檻太高，我常跟太陽抱怨，他就說那乾脆結婚好了。所以啊，反而你們這對比較恩愛。」

「眞的喔？」

兩人對看一眼，忍不住笑了。

「眞帆，你的性格一向穩重，我以爲你的人生無憂無慮呢。我本來還擔心你會笑我，把婚姻當成兒戲。」

「我怎麼會笑你，我才羨慕你好嗎？」

眞帆想起了奶奶的笑容。

「人生沒有無憂無慮這回事啦。」

「這麼說也對。」

過沒多久，小春回去了。

眞帆洗杯子洗到一半，太陽起床了。

「對不起，吵醒你囉？」

「沒事。」

「你都聽到了？」

「嗯，有聽到一些。」

眞帆還在洗杯子，太陽從身後抱住她，將下巴貼在她的臉頰上。

「才不是因爲你抱怨的關係。」

「嗯？」

「我跟你求婚，才不是因爲你抱怨工作的關係。」

「可是，那時候……」

「我其實早就想跟你求婚了，只是一直沒有勇氣。剛好聽到你抱怨工作，就順水推舟了。」

「眞的？」

「嗯。」

語畢，老公放開眞帆。

「晚安！」

太陽馬上回到寢室，可能是害羞吧。

眞帆情不自禁地笑了。

太陽就是這一點溫柔啊……
她好想炫耀一下，曬一下恩愛。

第四話

成本效益

小森安生在一座小漁港的碼頭上，對著大海吐菸圈。

「你不喝囉？」

後方傳來年輕女子的聲音，安生還來不及回過頭，背部受到一陣衝擊。原來有個軟玉溫香的女子一把抱住他，他馬上明白自己碰上了豔福。

安生在秋刀魚工廠打工，一大早要把剛卸下船的秋刀魚加工好，裝入紙箱裡出貨。這份工作還包食宿，他已經做好幾天了。

秋刀魚的捕撈期才剛開始，今天漁獲量不算多，下午三點就全部忙完了。其他趁著捕撈期來打工的人，都在海邊的員工宿舍裡喝酒。

「喂，Rena你喝醉囉？」

「對啊。」

Rena才二十出頭，還在念大學。身材高眺修長，一頭茶色的秀髮，十分有魅力。安生不知道她的名字漢字是什麼。

看她長相出眾，穿的衣服和說話方式也有一定的格調，顯然是有錢人家的小孩。這裡的工作很粗重，忙完一整天渾身痠痛不說，還會染上魚腥味。有錢人會來做這工作，想必是對日常生活有所不滿吧。這種女孩子安生也見多了。

安生用不得罪人的態度，輕輕解開對方的擁抱，主動拉開一段距離。

「哈哈哈哈哈哈。」

當然，也沒忘了獻上親切的傻笑。

「小森先生，你不喝酒喔？」

「我喝夠多了，大叔我已經喝醉了。」

「小森先生才不是大叔。俗話說得好，青春不是人生的特定階段，而是一種心態。」

「哈哈哈哈哈哈。」

安生知道這是烏爾曼的詩句，但他聽了只覺得掃興。反正一定是在大學課堂上，從老教授那裡聽來的吧。教書的老屁股還好意思談青春，有種就不要拿年金度日啊。

他裝出無知的笑臉，不想再深究下去。

「我心態上也是大叔啊。」

安生還補充道，自己快四十歲了。

Rena 抽走安生嘴上的香菸，自己抽了一口。

「味道眞棒。」

Rena瞇起眼睛，說香菸味道好。

安生已經厭倦自己送上門來的女孩子了。

以前遇到這種女孩子，他的確會跟她們上床。一想到自己過去做的事，安生也不好意思太冷淡。

「小森先生，你似乎跟其他人不太一樣呢。」

「哪裡不一樣？」

「你的想法，還有身上散發的氣息吧？感覺比較淡泊。」

「就跟你說我是大叔了啊。」

其實直到兩、三年前，安生還不是這麼淡泊的人。

安生做過很多季節性的短期工作，遇到合得來的女孩子就交往一陣子。

這種生活他過了將近十年，而且還是在有女友的情況下。直到他認眞跟本木希成交往，才穩定下來。

「小森先生，你有女友嗎？」

安生可以直接承認自己有女友，輕易拒絕對方，但他又不太想這樣做。

這跟有沒有女朋友無關，他並不是因爲有女朋友才拒絕對方，而是已經不想這麼做了。

可是，他又找不到拒絕的好理由。

「我有女友啦……」

這話也是事實。

在來這裡之前，他和希成的關係有點變調，但應該不算分手。

「……安生，我想跟你結婚。這樣說好了，我想跟你生小孩，只有小孩我也甘願。你很聰明，念的學校也不錯。我喜歡你的長相，個性又溫柔，基因很棒啊。」

希成一向心直口快，這很像她會說的話。

還基因咧。

安生和希成交往了快十年，中間也分分合合好幾次。他們剛認識的時候，希成差不多是Rena這個年紀。

年過三十的女人，想要小孩也無可厚非。

只不過，安生剛認識希成的時候，從沒想過他們會發展成這樣的關係。

老實說，他一開始只把希成當成可以輕鬆交往的女大生。當時安生已經快三十歲了，同年紀的女生對他來說太沉重。

他們是在印度的瓦拉那西認識的，地點位在恆河附近的一家旅館。

那時候，安生和其他遊客，每天都有一件例行公事要做。

一大清早，他們隨著鐘聲和人們祈禱的聲音醒來，接著走過陰暗的巷弄前往恆河，喝著奶茶，欣賞日出。然後再回旅館吃早餐，跟其他遊客一起聊天打牌，消磨到中午時分。傍晚再去恆河喝奶茶，喝完一樣回到旅館，繼續吃飯聊天。

這種生活過了好幾個月，希成也來到了旅館。

「你們每天這樣混吃等死都無所謂嗎！」

希成一到印度，就積極去各個古蹟景點。她在旅館碰到安生他們，總會念上幾句。她嗓門大，大家以爲她在罵人，其實她和顏悅色，並沒有生氣。

起初安生以爲，等她參觀完古蹟就會離開這裡，或是成爲他們的聊天夥伴。因爲其他人都是這樣。

不過，希成跟其他人不一樣。她參觀完古蹟後，又從頭參觀了一遍。安生幾乎沒看過這種人。

換句話說，希成喜歡印度的氛圍，但她不想跟著大家頹廢度日。

安生心想，她還眞是個怪人。

有一天，安生心血來潮，約她一起去加德滿都，她也喜孜孜地答應了。

原來希成喜歡的不是印度或瓦拉那西，她喜歡的是安生。

之後，他們三不五時會約出來碰面。直到幾年前，兩人才發展成比較親密的關係，會一起慶祝紀念日，或是去對方家玩。

現在，希成要求他提供傳宗接代的基因。

人嘛，總會老的。

而這也跟御廚琴子和她的孫女有關。

御廚奶奶是很有氣質的老婆婆，如果安生跟她坦白，自己最近被年輕女子勾搭，卻提不起「性致」，不曉得她會是什麼表情？

光想像這情境，安生就笑了。

「啊，小森先生你笑了，你在笑我嗎？我說了什麼奇怪的話嗎？」

Rena講話支支吾吾。

安生實在很想吐槽。按照剛才的對話，她應該問安生，是不是想到女友才笑吧。

不過，Rena實在太年輕、太受異性歡迎了，才會這麼自我中心。

身旁的年輕女子，感覺比平常更煩人了。

御廚奶奶要是聽了安生的煩惱，大概會面不改色地說，年紀大了本來就會性致缺缺，找個時間去看一下醫生。一想到這裡，安生又笑了。

「怎麼了嗎？」

「沒事。」

安生懶得對一個佯裝酒醉的女人說明，直接牽起了對方的纖纖玉手。

來這裡打工之前，安生和希成一起去御廚奶奶的孫女家作客。御廚奶奶的孫女叫井戶眞帆。

安生和御廚奶奶是在一家大型五金量販店認識的，兩人一同買下賣相不佳的三色堇花苗，成了忘年之交。兩家住得近，他去外地打零工或旅行時，就拜託御廚奶奶幫忙澆花，順便打開家裡的門窗通風。這件事交給希成也不是不行，但希成有自己的工作，經常不在家，他不想讓希成費心。

這樣的交流持續了一段時間，前不久，御廚奶奶邀請安生去她孫女家玩。據說她孫女也想見安生一面。

那孫女若是單身，安生當然樂意，但對方都已經結婚，還有女兒了。老公是消防員，捧的是鐵飯碗。全身曬得黝黑，體格相當壯碩，年紀才二十九歲，是個有爲青年。三歲的女兒，光看照片就可以想像十五年後一定是個美少女，希望到時還能見上一面。

這麼幸福美滿的家庭，去了豈不是自慚形穢？

所以，安生約了希成一起去。御廚奶奶用ＬＩＮＥ提出邀請時，希成就在身旁，安生把ＬＩＮＥ拿給希成看。希成答應一起赴約，她也想見見御廚奶奶。

希成好歹也是大學畢業，曾在大型的旅行社上班。做了大約五年就辭職不幹，改當職業寫手，主要以旅遊記事爲主。還出過一本書叫《女生一個人的度假勝地自由行》，可惜銷量不太好。

做這種工作的人，社交能力自然沒什麼問題，去井戶家作客也不會失禮才對。但實際去了以後，結果比安生想像得還要好。

希成和井戶眞帆很合得來，兩人一見如故，聊起了工作和旅遊的話題，甚至還談到薪資、老年規畫等等。

「你想去夏威夷玩啊？我知道有一棟出租別墅，很適合全家一起去度假。那邊離威基基有一段距離，不過，購物中心就在附近，價格也算便宜。」

「眞的嗎？太好了。可是，我們頂多只能去住兩、三天耶，這樣沒關係嗎？」

「一般來說，最少要租一個禮拜才行。不過我認識屋主，可以幫你談。」

「……還有，我們不太會說英文耶。」

「放心，沒問題啦。屋主的太太是日裔第三代，會一點日文。我也可以幫你預約喔。」

「哎呀，那眞是麻煩你了，謝謝啊。」

她們一見面就知道，彼此是聊得來的對象。

「希成小姐，像你從事這種工作，有什麼福利或保障嗎？」

一開始希成先打聽公務員的生活，接著換眞帆打聽希成的工作。

「我算是自由業嘛，幹這一行領不到退休金，年金也只有國民年金可以領。老實說，我有點不安呢。」

「這樣啊。」

「所以，我選擇個人定額提撥的年金方案……」

「那個我知道。聽說最近公務員也能選擇那種方案，我蠻有興趣的。」

「這個我眞心推薦，還可以節稅喔。」

「原來喔。」

「至於退休金，我是加入職業工會，一點一滴存下來。這一樣可以節稅，利率也還不錯。等於自己的退休金自己存。」

「喔，還有這種的。」

「這兩種我都繳到最上限。因爲自由業不穩定，也不曉得可以做多久，我就想趁有工作的時候多存一些。所以啊，我還蠻期待退休後的生活呢。」

「那眞是太好了。」

琴子愉快地聽著年輕人的對話，偶爾也插上幾句。

「替自己的老年生活多做一點安排準沒錯。」

安生很懷疑這個說法，這樣過日子以後不會後悔嗎？沒人知道自己能活多久，應該及時行樂才對吧？

安生靜靜地聽她們聊，他只把這個想法放在心底，並沒有說出來。

他沒有加入個人定額提撥的年金方案，也沒有加入職業工會，他連國民年金都沒繳，健保也一樣。

「有這麼可靠的人陪伴安生，我眞替他高興。」

琴子開心地瞇起眼睛。安生也沒想到，原來希成已經想到老年以後的事了。

「眞帆小姐，你以前待過證券業對吧？我想聽聽看你的想法。個人定額提撥的年金方案，可以自行選擇投資標，我現在一半存現金，剩下的一半分成兩份，一份買東證連動型的指數型基金，另一份買海外的指數型基金。你看怎麼樣？不知道有沒有更好的標的，我想再增加一點投資的比重。」

指數型是什麼玩意？東證又是什麼鬼？是在念咒嗎？

「長期投資的話，選擇手續費便宜的指數型基金比較好。總之，我建議你選擇手續費便宜的類型，利用複利賺錢。」

「我已經在做了。」

「眞不愧是希成小姐。」

兩位女子開心擊掌，活像美國職棒選手那樣。

複利又是什麼玩意？值得這麼高興嗎？

「至於投資的比重，希成小姐這個年紀是可以再提高一點。不過，投資得自己負責，我沒辦法替你做這個決定。是說，希成小姐還要工作三十年以上，才能領年金對吧？換作是我，就會增加投資額度。等五十歲再開始存現金也不遲啊。」

自己負責，聽起來好像某個恐怖世界的恐怖語言。

安生平常跟希成聊天，也沒看過她這麼活潑。他們已經交往很久了，最近就算一起吃飯，也不見得會聊上幾句。

這兩個女人嘴裡說的各種咒語般的話，難不成都是基本常識？安生表面上不動聲色，其實內心非常慌張。他左顧右盼，剛好和眞帆的老公太陽對上眼。

眞帆家不大，只有一個小廚房和兩個小房間。五個成年人就圍著小廚房邊的餐桌就座，不夠的椅子還是跟鄰居借來的。安生也嚮往這種簡樸的生活，但這空間實在太小，他跟太陽幾乎是手肘碰手肘。

「安生先生，想抽菸的話可以去陽台喔。」

太陽露出爽朗的笑容，替坐立難安的安生解套。

「咦？安生先生會抽菸喔？」

眞帆很訝異，表情活像看到萬惡的淵藪一樣。

「呃，偶爾小抽一下……」

「會啊，只是不會在我面前抽而已。平常打工的時候，或是在我沒看到的地方，他都嘛會抽。」

希成也皺眉抱怨，彷彿一個嘮叨的妻管嚴。

即使安生當下並不是很想抽菸，還是跟太陽一起到陽台。

「虧你看得出來我有抽菸，我平常不太抽的。」

「我有不少前輩喜歡抽菸，所以我感覺得出來。香菸的味道我很習慣了，我不會介意的。」

太陽跟前輩一起去喝酒，想必會主動找好吸菸區的位子，替前輩遞上菸灰缸吧。這麼機靈，在職場上也是備受青睞吧。

「喝了酒，就會想抽菸啊。」

希成準備了罕見的精釀啤酒當伴手禮。安生剛才吃著眞帆的料理，也喝了一些啤酒。眞帆用麵包機做了一塊餅皮，做成手工披薩招待大家，味道相當不錯。那台麵包機還是用信用卡的回饋點數換來的。

「我以爲消防員都不抽菸的，畢竟你們要鍛鍊身體。況且，抽菸抽到睡著，也是引發火災的原因之一嘛。」

「其實公務員抽菸的人蠻多的，畢竟這個體系還是比較守舊封閉。還有，眞是不好意思，我老婆自顧自講了一堆有的沒的。」

安生心想，這道歉聽起來也像在曬恩愛啊。

「不會不會，千萬別這樣講。你們邀我來，我也很高興。有機會聽到新鮮的話題，也算增廣見聞嘛。希成平常跟我在一起，也沒這麼開心。」

「平常我老婆都要顧小孩，難得有機會跟其他成年人聊天，才會特別高興吧。尤其希成小姐跟她又談得來。」

「原來是這樣，養小孩不輕鬆啊。」

安生一副事不關己的語氣。

他不能理解爲什麼大家都要生小孩。

安生並不討厭小孩。剛才佐帆還沒睡午覺時，就一直坐在安生的大腿上。是佐帆主動來討抱的，大家還調侃安生，說連小朋友都看得出他喜歡小孩。事實上，他在國外的時候，一些小朋友和小動物確實很喜歡他。

可是，他並沒有想要孩子的欲望。

安生不反對有小孩，也沒有批評的意思。問題是，養小孩花錢又耗功夫，辛辛苦苦養一個孩子養到大，也不曉得會不會成才。萬一不小心養歪了，非但沒法養兒防老，搞不好還會被孽子活活打死。

養孩子成本極高，報酬卻極少。成本效益不佳，應該說差勁透了。眞帆很有經濟觀念，怎麼會做出成本效益這麼差的選擇呢？

安生不婚不生，也是這種觀念造成的。

他也明白自己太冷淡了。

奇怪的是，周遭的人對他的評價完全相反。

「是說，她們兩個聊的我都聽不懂啊。」

「老實說，我也聽不懂。」

「咦？你也聽不懂？」

「金錢和投資的事，我都交給老婆處理。」

太陽露出一口白牙笑了。

安生很佩服太陽。

自己辛苦賺的錢全部交給老婆發落，既沒有不滿，也不會感到不安。是不是只有這種人才適合結婚生子啊？這已經算是特殊才能了吧？

「這種關係比較適合我，女方堅強穩重、勤儉持家，才能走得長長久久。我爸媽也是這樣。」

原來還有這種看法。安生也不討厭堅強的女性，只可惜，女方的堅強並沒有用在婚姻生活上，安生自己去國外和偏鄉逍遙，讓女方一個人堅強守候。也許他和希成結婚，也能走得長長久久吧。

不過，安生也沒打算馬上結婚。

「跟你聊天眞的學到不少東西啊。」

安生是眞的肅然起敬。太陽就像個普通人一樣，正常地工作、正常地結婚，而且對生活很滿意。最近他幾乎沒碰到這樣的人。

「別這麼說，我又沒有什麼可以教人的。」

太陽激動地搖搖手，態度很謙虛。

「消防海報應該找你當模特兒的，你長得那麼帥。」

「我已經當過一次了，我入行第三年的時候，就當了新人招募海報的模特兒。假日泡湯不說，一毛錢也沒拿到，還要被同事開玩笑，夠嗆的呢。」

這麼棒的經歷也不會拿來炫耀。

眞是完美的一家之主。

回程的路上，希成的心情非常好。

「真帆和太陽真是一對恩愛夫妻呢。我們周圍沒有那樣的人，一開始我還擔心會處不來呢。像真帆那樣有經濟觀念的女性是少數，下次來採訪她好了。」

希成喃喃自語，說要找一家雜誌社提企畫案。

「我想，他們對你的評價也很高吧。」

「咦？是嗎？那真是太好了。」

安生沒有調侃希成的意思，只是看到希成一臉天真的笑容，他不禁懷疑自己熟識的女人跑哪去了？真要說起來，希成看人的標準很嚴厲，有時候分析起別人還會帶點諷刺的口吻，安生很喜歡她這一點。

然後，希成沒頭沒腦地冒出一句。

「……我們要不要也來生小孩？」

安生一時想不到適當的答覆。

今年他就要步入四十大關了，對他提過這種建議的女人還不在少數。

有些女人是在床上的時候，趁著濃情密意的氣氛說出來的。如果連學生時代那些半開玩笑的也算進去，大概十根手指頭都數不完。

安生不懂，為什麼女人都想跟他生小孩？

這世上沒有比他更不適合成家立業的人了。

瞧安生不講話，希成說起了他適合當爸爸的理由。

按照希成的說法，安生的學歷不錯，而且性格溫柔，又具備男子氣慨。

想必希成早就有結婚生子的想法了吧，又看到井戶家甜蜜的景象，再也壓抑不住內心的嚮往。

安生理解她的心情，所以也不忍心拒絕。

不過，眼下有一個最現實的問題。安生沒有固定工作，對未來也沒有願景。每天逍遙度日是他的興趣和目標，這種人哪有養家活口的本領？

「我連年金都沒繳，健保也早就斷了。」

總之，安生說出了自己的顧慮，也不曉得這算不算回答。

「我知道啊。」

希成果然知道啊。

「想當然，我也沒存款。」

「這我也知道。」

「我現在住祖母家，還能住多久我也不曉得。」

那是親戚的房子，他只負責管理。好在親戚沒跟他收租金，他才有辦法撐到現在。哪一天親戚要趕人，他也只能摸著鼻子自行離開。

「這我倒是沒想到。」

希成的語氣並沒有太失望。

「你眞的想跟這種人生小孩？」

安生講這句話，其實就是拒絕的意思。但希成大聲地說，她並不介意。

「反正我有能力賺錢，你來我家住就好啦。我可以申請租屋補助，要搬去更大的房子也沒問題。」

「呃，這怎麼行。」

「只要能解決你說的問題就行了吧？」

「咦？」

「你剛才講的那些問題，只要能解決就行了吧？年金現在開始繳也來得及啊，你甚至可以回頭繳前兩年的。至於健保也是，你跟我結婚，掛在我的名下投保就好。婚後要當家庭主夫也行。」

安生沉吟了，不知該如何答覆。

他一個人回到家，打開臉書，逐一觀察一萬名好友的近況。他找到一個去秋刀魚工廠打工的朋友，便拜託對方替他引薦一下。

好友替他談到工作機會，他就逃離東京了。

這一走，也沒跟希成再見過面。

二〇〇〇年到二〇一〇年間，正好是求職最困難的時期，安生就是在那時候畢業的。當時有效求人倍率*爲一．〇，應屆畢業生的求人倍率甚至跌破〇．九。

念大學時，安生也是得過且過，但他有打算畢業後要認眞生活。他也不是一開始就這麼頹廢的。

大家都說景氣不好，他也沒放在心上，再差也應該找得到一、兩份工作才對。

現在回想起來，他對自己的學歷太有自信了。

*指一個求職者有多少個招聘機會，以招聘數除以求職者計算。

大學時代他都在打工和旅行，成績也不好。

到了畢業求職季，安生也沒做好準備，投了一堆出版社的職缺，結果沒有一家願意用他。最後他放棄找出版社的工作，在畢業前加入不動產公司當業務員。

安生被分發到車站前的分店，剛進公司第一天，前輩就罵他遞茶水的方式不對。沒有人教他處理業務，只叫他拿著小坪住宅的廣告看板，站在車站前當人形立牌。於是他乾脆回家吃自己。

辭職他也沒有向上司報告，把看板丟在車站的護欄邊，徒步走回家去。然後寄了一張辭呈到公司，連手機號碼都換了。

後來新聞報導，那是一家黑心企業，有新進員工被逼到自殺。因此，他對自己的抉擇完全不後悔。

可是，他內心多了一種悲觀的想法。他想，也許自己走到哪都待不下去吧。

安生在家中排行老二。出生時，父親希望他安安穩穩地過一生，不必飛黃騰達也沒關係，所以替他取名「安生」。

然而，父親的好意似乎適得其反了。

他去打工的時候，有人笑他是「得過且過的安生」。因爲他遲遲不肯結婚而分手的前女友也嘲笑他沒出息。前女友說，取名安生，注定一輩子沒出息。後來她嫁給科技公司的富二代，住在六本木新城，生了兩個小孩。一直到現在都還會寄精美的賀年卡來挖苦他。

不過，安生認爲得過且過的人生也沒什麼不好。

那種季節性的短期打工，每個月差不多賺二十五萬圓，最多不超過三十萬圓。有些會包食宿，可以省下生活費。辛苦兩、三個月，就能賺到一筆小錢，要拿那筆錢去旅行，或是回十条，全看他的心情。

回十条，他幾乎三餐都自己煮。他會去買米（如果幫米農打工，就可以拿到免費的米），或是去麵包店買一包三十圓的吐司邊。庭院有種蔬菜，再趁便宜的時候多買一點魚，自己製成魚乾。有空就去圖書館借幾本書，過上小規模的「晴耕雨讀」生活。要說是「高級遊民」也未嘗不可，當然也稱不上「高級」就是了。

他之前對琴子說過，自己有一百萬圓就能活一年。這句話不假，事實上，要壓得更低也沒問題。因此，他每次存到一筆小錢就馬上辭職不幹。

安生也知道，自己是人生路上的失敗者。他也沒什麼不滿，只是這輩子再也無法過上正常的生活了吧。

「聽說你又離開東京啦？」

隔天，琴子難得打電話來。安生是晚上接到電話的，他忙完一天回到宿舍洗好澡，正在休息時電話就響了。

「你這樣不行啦。」

琴子劈頭就罵，安生以爲自己昨天出軌的事穿幫了，忍不住道歉。

道完歉他才想到，琴子不可能知道他出軌，自己幹嘛要道歉呢？

再說了，爲什麼琴子知道他不在東京？該不會琴子和希成私底下也有交流吧？

上次去井戸家作客，希成和琴子一家人很談得來。說不定希成有向琴子抱怨，她都主動求婚，結果安生沒答應就算了，還一聲不響地離開東京。

安生的心情更鬱卒了，他從以前就很討厭女人「成群結黨」的個性。

他的腦海中浮現小學生開班會的景象，班長向老師告狀，說安生欺負希成同學，害自己被老師罵。那個班長就是眞帆，班導則是琴子吧。

琴子一向給人超然的感覺，竟然也來攪和晚輩的私事，安生對她有些失望。

「你要走也跟我說一聲啊，不然我哪知道要幫你澆花？」

沒想到琴子抱怨的事情完全出乎意料之外，安生這才發現，自己有了先入爲主的成見，還埋怨一個無關的外人。

「眞的很抱歉。」

其實冷靜想一想就知道，琴子不會主動介入別人的私事，除非對方找她商量。

「雖然已經秋天，但天氣還很熱呢。我本來想帶一些適合秋季種植的白菜和荷蘭豆給你，誰知道沒人在家，庭院的花也快枯死了，很可憐耶。我看了嚇一大跳，趕緊灑水澆一澆。」

「眞是太感謝了。」

「植物又沒長腳，再怎麼痛苦它們也逃不掉。既然是我們買回來種的，就該負起責任才是啊。」

這個老婆婆會爲了花和農作物生氣，眞是太可愛了。

安生跟希成鬧僵了以後，衝動離開東京。老實說，他根本沒顧慮到那些花。

他從以前就是這樣，稍微遇到不如意的事就逃避。一個連植物都養不好的人，是要怎麼養小孩呢？

「我問希成小姐，她說你又出去逍遙了，也不知道你在哪裡。」

琴子果然知道了。

「是碰到什麼不如意的事嗎？」

安生本來想發脾氣的，他不喜歡別人雞婆。但琴子的口吻非常溫柔，讓他不由自主放鬆下來。

「希成都跟你說了嗎？」

「沒有，她不是那種愛告狀的人吧？我也沒有刻意打聽，畢竟是你們年輕人的事。只是，你很少這樣一聲不說就走人，所以我才關心一下。」

的確，自從認識琴子，安生從來沒有這樣說走就走。

「其實……我跟希成出了點問題。」

事關希成的名譽，安生並沒有說得太詳細。

「原來是這樣啊。」

「是啊。」

「你先回來一趟吧。」

「可是，我這邊的工作才剛開始，而且是我拜託人家安排的，暫時是回不去了。」

「都沒放假嗎？」
「沒有耶。」
「回來一天也好啊。你也該決定白菜、水菜、荷蘭豆要種在哪裡吧？我還拿到了芥菜籽，芥菜吃起來辣辣的，很好吃喔。也分你一些吧。」
安生很感激琴子，但他還是很猶豫。
「你跟希成小姐有什麼問題，也該好好談一談啊。」
「呃，可是……」
「你現在不播種，冬天要吃火鍋就沒配料囉。你今年還沒種白菜吧？」
琴子只顧著講蔬菜，安生聽了差點噴笑，這也是他喜歡這位老婆婆的原因。入秋時種下白菜，經過兩個月的細心栽培，冬天就有美味的火鍋能享用。琴子很期待這件樂事。
安生想起已經過世的祖母也是一樣。老人家隨便閒話家常，有時候卻意外地打動人心。
如果現在乖乖回去，按照琴子的吩咐種下白菜，再和希成好好談，自己是不是會變得比較成熟穩重呢？

「你真的回不來嗎？」

「那我問看看……能不能請一天假。」

安生確實有點想回去了。

這不光是琴子的說服奏效，一部分也是安生昨晚出軌心虛的關係。

「白菜的體積會超出預期，所以每一株要有足夠的間距。」

「可是，白菜再大，直徑也不超過三十公分吧？」

「那是擺出來賣的白菜。一開始種的時候，葉片會開得很大，然後才慢慢結成球狀。所以啊，每一株要有四十公分以上的間距。」

琴子傳了好幾次ＬＩＮＥ，要安生趕快回來種白菜，因爲白菜發芽需要比較高的溫度。等到安生回到十条，琴子已經備好她培育的菜苗了。

安生的家庭菜園只占庭院的一小部分，面積大約半坪。最裡面種白菜，前方則撒下水菜和芥菜的種子。房子的西面和圍籬之間，還有一塊五十公分寬的空地，上頭搭了一座支架，專門種荷蘭豆、豌豆、甜豆。

在認識琴子之前，安生沒利用這一小塊地種東西。琴子建議他物盡其用，夏天種小黃瓜、苦瓜，冬天則種各種豆類。這塊地只有西曬的光源，但作物都長得不錯。

「剛採收的豌豆很甜喔。不信你自己做豌豆飯來嘗一嘗，保證你以後不會買外面的豌豆回來吃。」

「種這麼多我吃不完啊，我之後可能不在家。」

琴子沒有答話，表情帶著一絲緊張感。

「對不起。」

安生的經驗告訴他，看到女人緊張的表情，就算不知道原因也要先道歉。

「沒關係，多的我吃就是了，不然送給鄰居也好。」

琴子莞爾一笑，右邊臉頰出現一個大酒窩。她年輕的時候，一定有很多男人被她的笑容折服吧。

現在琴子的微笑仍然有很大的魅力，安生拒絕不了她的請求。當然，安生是出於敬重，而非愛慕。

「你跟希成聯絡了嗎？」

「沒有。」

「果然。」

「您不是不過問年輕人的私事嗎？」

「我沒過問啊，只是有些遺憾罷了。」

玄關傳來有人開門的聲音，來者還打了一聲招呼。

原來是希成來了。

「只是有些遺憾，會做這種事？」

安生不高興了。

「會啊，所以我找希成小姐聊了一下。」

琴子繼續裝蒜。

「希成小姐，我們在庭院這邊。」

希成穿過屋子，從簷廊探頭出來。

「我買了蛋糕來。我來泡茶，大家一起吃蛋糕吧？」

希成面帶笑容，好像什麼事都沒發生過一樣。

「那就麻煩你啦。我喝茶就好，稍後還要去其他地方呢。」

看著希成轉身走進廚房，安生又瞪了琴子一眼。

「您瞎攪和完了，就拍拍屁股走人嗎？」

「我是真的要去醫院啊。」

聽到這種理由，安生也發不了火。

「您哪裡不舒服嗎？」

「不是我，是我媳婦住院，我要跟孫女們一起去探病。全家人難得聚一次，沒想到是在醫院啊。」

琴子的語氣有些落寞。

琴子離開後，安生和希成在廚房喝茶，兩人隔著餐桌對坐。

「你之後眞的要搬離這裡喔？」

希成張望四周，彷彿忘了他們最後一次見面時發生的事情。

「總有一天要離開的，這不是我的房子。」

「你不是跟我說，你祖母的遺書有註明這棟房子要留給你？」

安生一直都有回來探望祖母，祖母過世之前也說過這棟房子要留給他。

不過，實際情況不太一樣。安生沒有固定職業，也不太好意思回老家露臉，打工或旅行的空檔，他就來這裡暫住，並沒有幫忙照顧年邁的祖母。安生自己也很清楚，受照顧的人是他才對。

「那也不是眞的有法律效力的遺書。即便眞的有法律效力，親戚們也有屬於他們的基本權利，還是要跟人家分啊。」

某次短期打工，安生認識了一位正在準備司法考試的朋友，這些知識是那位朋友告訴他的。

與其費心跟親戚爭奪遺產，不如放手算了。

好在親戚還願意讓他住。

「可惜我沒錢買下這裡。聽說以後會賣掉，把錢分一分。」

到時候親戚之間一定會有爭執，現在純粹是忍著還沒發難罷了。

安生和希成的關係，似乎也是一樣。

始終顧左右而言他，眞正重要的事卻避而不談。

「那你今後打算怎麼辦？」

希成和安生不一樣，她似乎不想再拖下去了。

「是啊，該怎麼辦呢？」

「你來我家住吧。上次我們談的事情，你不肯也沒關係。我不希望跟你分手。」

「那當然是再好不過，但你眞的不介意嗎？」

「不介意啊。但你不要又一聲不響開溜了。我不會再對你提出要求了，只要你別搞失蹤就好。」

安生大可答應希成，裝作一切都沒發生過一樣，繼續這段關係。不過，他又狠不下心當一個爛人。

「我想了很多，實在沒有決心養小孩。」

這一點安生想先說清楚。

「爲什麼？」

「我不認爲自己有那種本事。我不只缺乏經濟能力，人品也一樣不及格吧？什麼包容、忍耐、責任感，我統統都不夠格。我連勇氣都沒有。」

「……我明白了。」

「所以，如果你有了更好的對象，要跟那個人在一起也沒關係。」

「你無所謂嗎？」

希成笑了，一臉寂寞。

「那也沒辦法。」

「你好過分。」

對此，安生也有自覺。

「不過，這次的工作我會辭掉，回到這邊來。」

「咦？真的嗎？」

「我會在這裡待一段時間。畢竟是我給你添麻煩，我想好好修補彼此的關係。況且，白菜也要有人照顧才行。」

希成的笑容更哀傷了。

「你真的好過分，沒看過這麼壞的人。」

希成瞅著安生。

「很氣你，但最後都發不了火。」

安生和希成吵架，最後總是這樣不了了之。

事情來得很突然。

「可以討一杯水喝嗎？」有人叫醒安生。

安生一時搞不清楚自己身在何處。

「小森先生。」

安生張開一隻眼睛，先看到耀眼的秋陽。接著再張開另一隻眼睛，視線終於聚焦。

「是你啊。」

安生剛睡醒，講話還傻呼呼的。今天一早，他忙完菜園的農活，就躺在簷廊讀書，讀到一半睡著了。

「對，就是我。」

來到安生面前的，正是Rena。安生只知道她名字的讀音，不知道漢字是什麼。

Rena抱著一隻貓咪。那是鄰居養的三花貓，叫小玉。鄰居出國旅行，拜託安生代爲照顧。那鄰居不肯幫安生澆花，卻要他幫忙照顧貓咪，老實說不太公平。但小玉很可愛，他也就沒有拒絕。再說了，照顧貓咪也花不了多少功夫。

「你怎麼會在這裡？」

小玉怕生，在Rena的懷裡掙扎。Rena緊緊抓住小玉不肯放手，青筋暴露的指節扣住貓咪的身體，看了好討厭。

「先給我一杯水好嗎？」

「你先放開貓咪吧。」

「咦？」

「貓咪不喜歡你那樣抱。」

Rena一放手，小玉就逃走了。

安生緩緩爬身，順手抓抓肚皮，轉身走向廚房。

他從冰箱拿出一瓶礦泉水倒進玻璃杯。看著水流入杯中，他的腦子也越來越清醒，一股不安浮上心頭。

這下糟了。

安生還搞不清楚狀況，但也明白狀況不妙。

他沒有透露過自己的電話和住址，Rena爲什麼會來這裡？

然而，他還是佯裝鎮定，把水端給Rena。

Rena也沒道謝，直接坐在簷廊喝了起來。她仰頭舉杯，白皙的喉頭上下鼓動。

「怎麼了嗎？」

水快喝完時，安生問了一個問題。

「你是指什麼？」

Rena的態度很平靜，平靜到令人不自在。

「你怎麼知道我住哪？」

「人家告訴我的。我在工廠的辦公室，看了你的履歷表。」

「人家肯給你看啊。」

最近個資管理不是很嚴謹嗎？是說，Rena很受那邊的異性歡迎，要討到安生的履歷表絕對輕而易舉吧。

「我跟他們說，我懷了你的孩子，他們就讓我看了。」

安生失笑了，他並不討厭這種玩笑話。

「你那樣講，會得罪那些男人啊。」

不過，Rena爲何不惜撒下那種謊也要來這裡？

這時安生才發現，Rena臉上沒有笑容。

「你開玩笑的，對吧？」

「如果我說不是呢？」

「眞的假的？」

「這件事假不了。」

安生倒吸了一口氣。

「我不打算……」

他正想說自己不打算養小孩，但最終還是說不出口。

「這……先好好談一談吧。」

「我正有此意。」

Rena拿起腳邊的波士頓包，從簷廊進入屋內。

「這也是我來的目的。」

地上擺著一雙平底鞋，Rena腳上還穿了一雙短襪。

安生的腦袋莫名冷靜。他想起女性懷孕會改穿鞋跟比較低的鞋子，而且會特別注意保暖，以免著涼。

「我們只做過一次耶。」

安生心直口快，不小心說出了內心的疑問。

「對啊。」

Rena的聲音自屋內傳來，也不知道她是在講電話還是在回應安生。

事已至此，安生必須先處理一件事。

他和希成約在十条商店街的咖啡店碰面。等了一會，希成來了。

「怎麼了，安生？我們今晚不就要見面了嗎？」

本來他們約好，今晚要在安生家吃火鍋。菜園的水菜和芥菜都發芽了，疏苗摘下的水菜就拿來煮火鍋，芥菜則做成沙拉。

希成也買好豬肉，準備做涮涮鍋。

「正好堺屋肉店有進鹿兒島的黑豬肉，我買了里肌肉片，可以做涮涮鍋。雖然價格不便宜，但聽說油花吃起來很甘甜呢。」

希成開心地拿起那包黑豬肉給安生看。

「其實呢……」

安生不敢把話說完，口中多出了酸臭的唾沫。

「怎麼了？」

希成也察覺到安生不太對勁。

「你臉色不太好耶？」

「我先澄清一下，我只做過一次而已。」

「啥？」

「你心裡先有個底，再聽我講好嗎？」

「做過一次什麼？」

安生吞下口水。

「呃，就是那個……」

對，就是那個。

安生那次打工，眞的只做過一次那種事情。嚴格來講算是不可抗力的意外，就好比突發事件。之後Rena再次誘惑，他都避開了。

憑良心講，安生回來這裡也不全是爲了希成，另一方面也是他嫌Rena麻煩。

「現在，有個女人在我家裡。」

「女人？」

希成的臉色也越來越難看了。

「我去秋刀魚加工廠打工時，認識的女孩子。」

「今年認識的？就你之前的工作？」

希成的表情從擔憂轉爲憤怒，想必她也猜出是怎麼一回事了。

「意思是，你跟那個女孩子做過一次？」

「是。」

「笨蛋。」

希成往安生腦袋上巴了一掌。

「對不起。」

如果只是這點小事，那也就罷了。當然，事無大小，錯就是錯。

「所以，你是說那個女孩子跑到你家？」

「呃，對。」

「大笨蛋。」

希成開始碎念，罵安生不該透露自家地址，更不該讓對方誤會，還找到家裡來。

希成埋怨安生不懂得瞻前顧後，安生也乖乖聽她碎念。

考慮到接下來要發生的事情，這些碎念都不算什麼，跟暖身運動差不多等級。

「你先冷靜聽我說。」

希成的怨言實在太多，安生只好請她暫時打住。

「怎樣啦？」

「我事情還沒講完。」

希成終於安靜下來，哀怨的眼神死盯著安生不放。

「那個女孩子說……她懷孕了。」

「咦咦咦？」

希成的驚駭聲中夾雜著哀痛，聽起來像在哭號，安生大概一輩子也忘不了。

「她說她懷孕了。我跟她談了一下，她不打算墮胎。我是真的很過意不去，但我不想要小孩，對她也沒有那麼深的感情。況且我很清楚，結婚也不會有好結果，所以我請她好好想一想，冷靜判斷。」

希成沒罵人，也沒抱怨。她默默地哭了，幾乎沒發出一點聲音，只有眼淚落下。

「不過，現在那個女孩子……對了，她叫Rena。」

安生還是不知道Rena的姓氏和名字寫法。

「她說不想墮胎，要跟我結婚生子，一起住在那棟房子養小孩。」

希成左手肘靠在桌上，用手掌遮住眼睛低頭不語。肩膀上下抖動的幅度越來越大，但依舊沒有哭出聲。

「我打算再跟她好好談一談。總之，我幾乎不了解那個女的，所以……」

「……我就怕會發生這種事。」

希成以嘶啞的聲音，說出她的心底話。

「咦？」

「我一直都很擔心，事情會走到這個地步。」

「是嗎？」

那爲什麼不提醒一下呢？

「因爲你這個人，總是遊手好閒。」

兩人交往這麼久，希成還是頭一次用「你這個人」來稱呼安生。

「我已經不曉得該怎麼辦了。」

希成從包包裡拿出手帕擦臉，淚水似乎止住了。一擦完淚水，她又用雙手摀住臉龐，淚水也再次溢出眼眶。

「我也想跟你結婚生子啊，這一直是我的夢想。」

希成抽抽噎噎地打聽Rena的事情。

好比Rena的年紀、外貌、家世、讀哪間大學等等。安生願意把自己知道的都說出來，但他幾乎沒有一個問題答得清楚。

安生每回答一個問題，希成就往他腦袋巴一掌，淚水也跟著掉下來。

「爲什麼是她？爲什麼不是我？」

希成最後說完這句話，終於放聲大哭，而且是毫無保留地放聲大哭。

「我一直很期待退休後的生活。那時候我們的孩子已經長大獨立，我們一起住在繳完貸款的公寓裡，經濟稱不上富裕，但偶爾會一起去旅行……我期待跟你度過那樣的生活。我只有這麼一個小小的夢想，爲什麼都無法實現？」

咖啡店的客人也看出是怎麼一回事了，整間店沒有人說話，只聽得到希成的哭聲。起初還引來一些好奇的目光，但現在已經沒人好奇了，大家忍受不了尷尬的氣氛，紛紛離開咖啡店。

「說穿了，就是我們沒緣分吧。」

最後這句話，希成是說給自己聽的。她虛弱地站起來，走出咖啡店。

那包黑豬肉放在桌上沒帶走，她笑著說要留給安生當結婚賀禮。那強顏歡笑的表情，安生看了好心痛。

「所以，那女生根本沒懷孕？」

「是啊。」

希成哭著跟安生分手後，又過了一個禮拜，安生和琴子圍在桌邊吃火鍋。鍋裡放了希成送的黑豬肉。那一天，安生實在沒心情跟Rena享用前女友送的黑豬肉。那包黑豬肉就冰在冷凍庫裡，到現在才拿出來。

懷孕的風波沒幾天就平息了。Rena月經來了，自己乖乖離開安生的家。整齣鬧劇輕易落幕。

「你在告訴希成小姐之前，爲什麼不先查清楚呢？去藥局買個驗孕棒，驗一下不就知道眞假了嗎？不然去醫院檢查也行啊。」

「這種事我們男人哪知道啊？況且，我從以前就很忌諱結婚生子的事情，也沒有相關的知識。電視上看到相關的節目或廣告，腦袋會自動排除那些資訊。」

「搞不好那女孩一開始就是故意騙你的。」

「什麼意思？」

「也許她是要試探你，結果你不爲所動，她就放棄了。」

安生從沒想過，Rena對他有這麼深的執念。

「你跟希成小姐聯絡了嗎？」

「有啦。」

蔬苗摘下的水菜才十公分左右，吃起來軟嫩又甘甜。稍微燙過，再用黑豬肉片包起來，沾上琴子自製的柚子醋，再多都吃得下。

打從Rena造訪以來，安生已經很久沒有好好吃一頓飯了，但他並沒有大快朵頤。

「我用ＬＩＮＥ告訴希成，那個女生沒有懷孕。」

「你應該找希成小姐來吃火鍋才對啦，怎麼找我呢。」

琴子指著裝有豬肉的盤子。

「ＬＩＮＥ顯示已讀，但她沒有任何回應。」

「你只傳一次ＬＩＮＥ？」

「嗯。」

「多傳幾次不會嗎？」

「呃，我知道這樣講可能說不過去，但我自己也沒那個心力。這個禮拜好累，真的顧慮不了那麼多。」

「你啊，只想到自己，實在太自私了。人家希成小姐比你慘多了。真沒想到你是這種人。」

最後那一句話，安生也不是第一次聽到。眞沒想到你是這種人，我看錯你了……類似的話他聽過很多遍了，他反而希望那些人不要擅自對他抱有期待，然後擅自對他失望。

「不過，希成應該也鬆了一口氣吧？」

「話是這麼說沒錯，但她可能覺得很荒謬吧。說不定她已經不想再被你耍得團團轉了。」

今天的琴子好冷淡。

「也是啦。」

「說實話，聽完這件事以後，我也有點討厭你了。」

「對不起。」

安生失落地低下頭。

「就算那個女生沒懷孕，你出軌也是事實。」

「……的確。但就那麼一次而已。」

琴子本來還想伸手夾菜，聽到這句話手又縮了回去。

「我沒食欲了。」

「對不起。」
「你不用跟我道歉，應該跟希成小姐道歉才對。」
「是。」
兩個人都不吃火鍋了，鍋裡不斷冒著熱氣。
「我應該怎麼做才好？」
「還用問嗎？總之，你拚命道歉就對了。」
琴子觀察安生的表情。
「你是眞心喜歡希成小姐，沒錯吧？」
「當然。」
安生看著鍋裡的熱湯。
「……發生這種事……可能爲時已晚了，但我眞的想了很多。Rena 來我家的時候，我就在想，如果懷孕的是希成就好了。眞要養小孩，也該是我跟希成的小孩啊。爲什麼事情會變成這樣？我甚至想過，說不定有了小孩以後，我就不會排斥結婚生子了。」
「意思是，你有心跟希成小姐結婚囉？那就告訴她啊。」

「話是這麼說沒錯啦，但現實問題是，結婚走得長久嗎？畢竟我個人的問題沒解決，情況也沒改變啊。所以，我也不曉得該怎麼跟希成講。」

「不過你自己也說了，真要養小孩，也該是你跟希成的小孩，不是嗎？我相信你說這句話是真心的。」

「當然是真心的，只是從各方面來看……」

「想那麼多，誰敢生小孩啊。」

「是啦，但總要思考成本效益啊。」

「還成本效益咧，你要計較這個，永遠沒辦法養小孩。結婚生子本來就要面對一大堆不合理的事情。我反過來問你，你現在的生活方式，難道成本效益就很好嗎？明明四處打工旅行，然後混吃等死，哪來的臉講成本效益啊？你三不五時往外跑，到底能幹嘛？」

「就，提升眼界啊。」

「提升眼界？你要是像希成小姐那樣，把自己的所見所聞寫成報導或書，那我還不會講什麼。請問，你的所見所聞都拿來幹嘛了？替自己鍍金喔？」

琴子難得用諷刺的口吻說話。

其實安生也有自知之明，不用琴子苦口婆心，這些道理他都懂。這也是他得過且過，不願意好好思索自己人生的原因。但琴子把話講得那麼難聽，安生也忍不住回嘴。

「爲什麼提升自我一定要有成果才行？能提升自己的內在就好了啊，我過的是自己可以接受的人生，這哪裡不好？」

「你可以接受？那好啊，你就自己一個人過這種生活吧。」

琴子憤而起身，似乎眞的動怒了。她抓起自己的包包，往玄關走去。

安生連忙追了上去。

「你很重視成本效益？哈哈，既然你這麼重視成本效益，那你乾脆自殺算了，這最符合成本效益了。不用吃東西、住房子，衣服和錢也都不需要了，更不用辛辛苦苦工作，不是嗎？」

琴子走向玄關時，還不忘罵人。

「你父母如果也像你這樣計較成本效益，根本不會生下你。」

琴子穿好鞋子，轉過身來。

「人生本來就沒有合理這回事。正因爲人生不合理，我們才需要存錢，不是嗎？

你要先好好活著，節儉才有意義。你得明白這世上沒有成本效益這回事，節儉才有意義。不然照你的講法，像我這種老人是不是都該去死一死？」

「對不起，我不是這個意思。」

安生沒穿鞋就跑到外頭，緊抓著琴子的衣襬不肯放手。

「是我錯了，真的很對不起，拜託不要走。」

「你這傻小子！」

琴子巴了安生的腦袋一掌，力道還不輕。

「……我還是第一次打別人家的小孩。」

琴子用力嘆了一口氣。

「我也說得太過了，對不起啊。」

「那我接下來該怎麼辦呢？希成的事也要想辦法解決才行。」

「帶花和甜點去找她，說出你真正的心聲。跟她下跪道歉，然後……」

「如果她還是不肯原諒我呢？」

「帶花和甜點，再下跪道歉。道歉完繼續跪著，然後跟她求婚。」

「咦？」

「你不是下定決心了？」

安生自問，我真的下定決心了嗎？

他抓住琴子的衣襬，低頭不語。

「這句話要我說幾次都行。你真正該抓住的是希成小姐，千萬不能放手。」

琴子指著抓住她衣襬的手。

「你這個人是很差勁，但你會讓女人產生一種期待感，她們會覺得你心底還是有一些善良的部分，本性還是好的，所以沒辦法果斷跟你分手。就連我也覺得，真正的你不是這麼差勁的人，你應該有不一樣的一面。你讓別人產生這種期待，太不厚道了。」

琴子說得沒錯，安生表面上很討喜，大家也喜歡他。但時日一久，大家也會體驗到遭受背叛的感覺，對他發火。

「我也不是叫你一定要結婚生子。不過，你是真心喜歡希成小姐，不想離開她，對吧？那就好好跟她談一談，找出你們都能接受的折衷辦法。強迫其中一方忍耐，這種關係是撐不下去的。」

「我明白了。」

安生還是沒信心，他懷疑自己能否辦到。

希成一回到公寓，發現安生站在門口等她。

安生跟人碰面，會自動露出親切的笑容。想當然，希成沒給他好臉色。

這是安生第三天來拜訪希成了。希成住的公寓有門禁，安生沒辦法入內。前兩天買的甜點（第一天是在琴子打工的湊屋買的栗子羊羹，第二天是巧克力可頌），安生都直接放進希成的信箱。

希成沒有任何回應。

所以，安生今天從中午十二點一直等到現在。

反正安生有的是時間，等久一點，總會等到希成回家或是出門。

希成晚上八點才回來，換句話說，安生整整等了八個鐘頭。

現在已經九月底了，但白天還是很熱。

安生也做好了長期抗戰的準備。他戴上以前在越南買的斗笠，連水壺和摺疊椅都帶來了。他還帶了丸谷才一的《斜風細雨》打發時間。

希成住在赤羽僻靜的住宅區，偶爾有路人經過，投以狐疑的目光，好在沒請警察來盤查。安生還自備椅子，路人可能以爲他在做交通流量調查吧。

「希成！」

希成看了安生一眼，正要步入大廳，安生趕緊叫住她。

「總之，這個請你收下吧。」

今天安生遵照琴子的建議，帶了一束花來。那是在商店街的花店買來的，價格差不多五百圓。花在安生的手中，看起來都要凋謝了。

至於甜點，他已經想不到要買什麼了，乾脆到商店街的麵包店，買了一袋吐司。那家店也只賣吐司，但生意很好，每天都大排長龍。

「你來多久了？」

希成輸入門禁號碼，隨口問了一句。

「中午就來了。」

「從中午待到現在？」

「嗯。」

「你是笨蛋嗎？」

希成瞄了一眼吐司。

「我吃不了那麼多。」
「吃剩的你丟掉就好。」
「我不是那種會浪費食物的人。」
這時候，安生放下所有的東西，對希成下跪道歉，腦袋都貼到了地面上。
「眞的很對不起，我不求你原諒我，只是想告訴你我的歉意。」
安生感覺到，希成在深呼吸。
「總之，眞的很抱歉，我不該幹那種蠢事的。」
希成沒答話，安生惶恐地抬起頭。
只見希成的表情非常哀傷，安生驚慌失措，再次低下頭來。
「眞的對不起。」
「對不起？你跟我開什麼玩笑啊！」
安生的屁股一陣劇痛，整個人往旁邊摔倒。
原來希成往他的屁股踹了一腳，痛到他暫時無法呼吸，顯然那一腳踹得非常用力。
安生這才想起來，希成中學時是女子足球社的，還曾經被選爲縣代表選手。

「好歹這些東西請你收下吧，我都買了。」

希成正要步入公寓，安生追了上去，遞出自己準備好的禮物。

希成就像人偶一樣，以不帶感情的動作收下那些東西。

「只是有些話我一定要告訴你。」

安生光是講句話，全身就疼痛難當。

「之前那女孩子來我家，我一直在想，如果懷孕的是你就好了。既然要養小孩，爲什麼不是我跟你的孩子呢。」

希成冷冷地看著安生。

「我無法想像自己結婚會是什麼樣子，不過，如果真的要結婚，我想跟你結婚。可以再給我一次機會，我們好好談一談嗎？」

啪。

希成拿安生送的花，往他的腦門砸下去，花瓣全落到地上了。

「你可以再自私一點啦！」

「不然，不然，我能不能再打電話或傳簡訊給你？」

「……不知道啦。」

語畢，希成走進公寓。

安生目送她的背影離去，緩緩站了起來。幸好沒有骨折，只是全身疼痛。他收拾了地上的折疊椅。

也罷。

希成沒說不能跟她聯絡。意思是，還有「後續」。

明天再來吧。

反正安生別的沒有，有的是時間。

他的個性一向淡泊，這或許是他有生以來頭一次對一個人如此執著。

該怎麼做，才能讓希成明白這一點呢？

安生拖著鋁製的折疊椅，離開了希成的公寓。

第五話
熟年離婚經濟學

久沒回家，感覺一切變得好陌生。

空氣中瀰漫著一股刺鼻味，也不是臭味，而是一股過去從未留意過的特殊氣味。

家裡以前有這種味道嗎？

御廚智子有些困惑。

她在醫院住了十天，剛出院。因此她告訴自己，一開始不太習慣是正常的。

「我回來了。」

智子知道沒人會回應，還是打了聲招呼。打過招呼，心情也踏實了一點。

她走到客廳，在沙發上坐下來，下腹部略有不適。

二十三年前，夫妻兩人辦了三十年的貸款蓋這間房子。他們想盡快繳完，無奈還是剩下一部分貸款。

饒是如此，終究還是自己的家。

住獨棟房子，比想像中還要花錢。外牆每隔五年要粉刷一次，還要找業者來檢修屋頂。房子前面有一小塊空地，小到不能再小，上面種了不必費心照料的常春藤（是精通園藝的婆婆推薦的）。當然，智子平日也勤於打掃。

她自認花了不少時間和金錢來維持這個家。

可是，現在家中亂糟糟的，看上去好陌生。

居家環境她始終保持整齊清潔，短短十天不在，倒也稱不上凌亂。然而，整體好像蒙上一層灰。照理說，婆婆也來幫忙打掃過幾次，怎麼會這樣呢？

丈夫大概沒有用吸塵器吸地板吧，可能連除塵拖把都沒拿出來過。智子剛從一塵不染的醫院回來，才會看不慣吧，好想立刻打掃家裡。

不過，她動完腹部手術還不到十天，醫生告誡她最好休息一個月。

「出院以後，有事就找丈夫幫忙吧。」

出院之前，婦產科的護理長做衛教宣導時這麼說。

「太太生病開刀，丈夫都會變得特別溫柔喔。他們都希望幫上忙，所以你有什麼需要就儘管開口吧。」

護理長還露出了俏皮的笑容。

其他患者聽到都笑了。或許快要出院的人，不管聽到什麼都會覺得好笑吧。想當然，智子也笑了。

丈夫完全沒有家務能力，想拜託也無從開口啊。

她躺在沙發上，心裡偷偷吐槽。

丈夫和彥不會做家事，連想幫忙的心都沒有。

智子住院時，丈夫每天都回一公里外的老家吃晚餐。有時候，還請婆婆準備便當。

婆婆的廚藝和家務技能都很好，怎麼會生出這樣的兒子呢？不對，或許就是因爲當母親的都自己來，才沒教兒子怎麼做家事吧。

剛結婚的時候，智子還沒有什麼怨言。

智子經歷過泡沫經濟期，「ＯＬ」這個稱呼也是從他們這一代開始的。社會大衆把他們統稱爲「泡沫世代」，還揶揄他們是「新人類」「聯考世代」，明明運氣好，生在景氣大好的時代，腦袋裡卻不知道裝什麼東西。可是，他們這一代也有不少人遵循古老的價値觀，她原以爲男人不幫忙做家事是正常的。

看到現在三、四十歲的年輕人，智子挺羨慕的。至於女兒那一代二十多歲年輕人，更是讓她羨慕到無以復加。

世人嘲笑他們生對時代，不用辛苦求職就能找到工作。事實上，泡沫經濟崩潰的時候，他們被迫處理上一代留下來的爛帳。結果呢？他們要承擔腦袋空空的罵名，還得背負男尊女卑的壓力。

那個年代，並沒有大家想得那麼輕鬆。

當年智子也跟其他人一樣，穿有肩墊的外套和緊身衣，瀏海也吹得高高的。就算年輕時有很多追求者獻殷勤，結婚以後，女人多半還是乖乖在家相夫教子，外出打拚是男人的事。男人不用做家事並不稀奇，智子也是在那種家庭長大的。

不過，智子的父親那一輩，年輕時在軍隊裡學了很多東西（智子的父親是陸軍士官學校畢業的），因此必要時也會煮飯打掃。父親平常也不做家事，但有一次母親住院，智子看到父親張羅三餐，著實嚇了一大跳。

和彥那一輩的人，就只要會念書就行了，從小嬌生慣養，根本不會做家事。智子的朋友，她們的丈夫也是一個樣。

今天兩個女兒本來要接她出院的。

「媽，對不起，你出院那天，正好是佐帆參觀幼稚園的日子！」

一個禮拜前，長女眞帆急急忙忙打了電話來。

「沒關係啦，不用在意。」

「我已經拜託美帆了，別擔心。美帆說她會請假去接你。」

沒想到，美帆也打電話來，說有一場重要簡報，客戶臨時改期，剛好就在智子出院那天。

「奶奶應該有空，我問看看。」

「算了，沒關係，我自己回去就好。」

老實說，讓七十三歲的婆婆來接，智子實在過意不去。婆婆有跟兩個女兒一起來探病，這段日子還幫忙張羅和彥的伙食。況且，婆婆半年前開始打工，智子也不想增加老人家的負擔……

「我一開始就打算自己出院了，反正搭計程車很快就到了。」

「可是，你沒辦法搬東西，不是嗎？」

「這點東西，不要緊啦。不然，現在醫院也有宅配服務啊。」

兩個女兒也沒想要請父親來接，或是問父親有沒有空之類的。父親對家庭漠不關心，她們從小就習以爲常了。在她們的認知裡，所謂的父親就是那樣的存在。

也幸虧如此，家務事都按照智子的意思處理。家事怎麼做、孩子怎麼教、錢怎麼用，丈夫從不過問。只要不影響家計，智子要學才藝或旅行，丈夫都不會有意見。沒有不良嗜好，頂多偶爾陪朋友小酌消遣一下，脾氣也算溫和。打高爾夫球算是他唯一的興趣，一個月會去打一次高爾夫球。其實智子也明白，丈夫不是故意對家庭漠不關心。

這些事對老一輩的人抱怨，對方肯定會說，有這種丈夫還有什麼好不滿的？可是，現在智子一個人出院，躺在灰塵滿布的沙發上，全身上下實在有種難以言喻的寂寞感受。

今天出院也沒做其他事，智子卻不小心在沙發上睡著了。

「今晚吃外面吧，叫外賣也沒關係。」

智子收到丈夫的簡訊才醒過來。

對了，該煮飯了。

明知道丈夫不會幫忙，智子還是嘆了一口氣。

煮飯是丈夫最不會做的家事，他這輩子從來沒自己張羅過伙食。

「那叫外賣吧。」

叫披薩好了。智子起身，望著貼在冰箱上的披薩店傳單。信箱裡收到這種傳單她都會留下來，以備不時之需。但兩個女兒搬出去以後，她就幾乎沒點過這些東西了。

看著漂亮的披薩圖片，智子又嘆了一口氣，爲什麼自己非得吃這麼油膩的食物不可？

吃外面？叫外賣？瞧他一副蠻不在乎的語氣。

智子才剛出院，現在出門跟丈夫去外面吃飯未免太累了，所以才想叫外賣。但她現在根本不想吃這些東西。

哪一天丈夫自己生病住院，也會這麼蠻不在乎嗎？他有設身處地想過嗎？

智子打開冰箱，拿出白米細心洗淨。平常她都買少量的白米回來，裝在寶特瓶裡，放進蔬果冷藏室保存。接著，她又從冰箱拿出發芽米和十六穀米，加了一點進去。

煮米那段時間，智子用小鍋子煮高湯，再加入事先切好的冷凍豆皮和蔥末。接著從放乾燥食品的櫃子裡，拿一些烤麩丟進鍋子裡。

可惜沒有其他蔬菜，今天沒出門採買，也是無可奈何。智子自言自語。

住院之前，智子就先把冰箱的冷藏室清空了。

至於冷凍庫裡，有中元節時人家送的味噌豬肉眞空包。智子拿出來解凍，當成配菜。

原以爲家中沒東西吃，沒想到還能煮出像樣的一餐。智子挺佩服自己的，卻又忍不住嘆了好幾口氣。

這次動腹部手術，也沒有多大的痛楚，但醫生告誡她不可久站。因此，在做飯的過程中，她多次坐在餐桌旁的椅子上休息。

手機又響了，同樣是丈夫傳來的簡訊。

「眞的不舒服的話，叫我媽來幫忙吧？」

智子自認和婆婆關係還不錯，但今天叫婆婆來，就不能放心休息了，她連忙回覆丈夫的簡訊。

「媽也有工作要忙，今天就免了吧。」

丈夫傳這種簡訊也是出於關心。可是，他們在一起超過三十年了，她還是受不了丈夫偶爾會幹蠢事。

智子大嘆一口氣，幾乎要把全身的空氣都吐出來了。

「你自己煮啊？」

和彥一回到家，看到餐桌上的飯菜，只問了這麼一句話。他換上居家服，打開電視，默默吃起飯來。

小孩長大獨立後，夫妻兩人吃飯都是這樣的，智子也沒有什麼不滿。

可是，這頓飯吃到後來，智子對吃飯配電視的丈夫，有越來越多的怨言不吐不快。

她擔心的是，自己一如往常煮了這一餐，丈夫會不會以為她已經康復了，可以照以前那樣過日子了？

「因為我不想吃披薩。」

「咦？你說什麼？」

和彥看著電視發笑，聽到智子的聲音才轉過頭來。

「這一餐不是我甘願煮的。我連續好幾天都吃醫院的伙食，又沒體力跟你去外面吃東西，所以才想吃一點普通的飯菜，哪怕清淡一點都沒關係。」

智子看了一眼丈夫的飯菜，兩人的飯菜是一樣的。

一包味噌豬肉共有五塊豬肉，智子自己只吃兩塊，丈夫吃三塊。

現在她光是看到這個景象，都覺得火大。

我不是為你做菜，是為我自己做菜，只是剛好有多的分你而已。智子心中埋怨，但她總會在無意間，把更多、更好的東西都給丈夫。

丈夫平常在外工作，總該吃好一點嘛。他這麼辛苦賺錢養家，總該好好照顧，好好感謝嘛。

智子心中浮現了這些念頭。這些念頭是母親灌輸的？還是婆婆灌輸的？不，沒有人灌輸給她，而是經年累月養成的習性。

「醫生最後交代的，你也聽到了吧？醫生說我一個月都不能久站。」

出院前的週末，和彥也有來醫院一起聽醫囑。他只有公司休假的時候才會來醫院。

「所以我不是說，找我媽來煮就好了？」

「你媽要是來了……」

智子已經懶得解釋了。

「我媽也說了，有什麼需要幫忙的，儘管告訴她。你不希望我媽來，不然找兩個女兒來也行啊。」

兩個女兒就沒有自己的生活嗎？

「那兩個孩子也不是閒閒沒事好嗎？」

「不然要怎麼辦？」

和彥大概是在他的能力範圍內，盡可能表示關心吧。事實上也的確是如此。

「媽，你也有錯啦。」

智子想起以前眞帆說過的話。

「你爲什麼不教爸做飯和做家事？你跟爸在一起大半輩子，奶奶養他的時間也沒這麼久吧？你不能都怪奶奶沒教他啊。」

兩個女兒都很喜歡奶奶，平常都站在奶奶那一邊。

問題是，他們剛結婚的時候，和彥的工作比現在還要忙，幾乎每天都忙到深夜才回家。尤其生了小孩以後，智子育兒、家事兩頭忙，也沒空從頭慢慢教他。有那個閒工夫拜託別人，還不如自己動手比較快。

更何況，和彥笨手笨腳的，做什麼都很花時間。說不定婆婆就是看破這一點，才沒教兒子怎麼做家事吧。

不過，往後的日子呢？

這次生病住院，讓她開始思考兩人的老年生活。

難不成，我要一直幫這個人做飯做到死？不，搞不好先死的人是我。哪天我死了，他三餐都要吃外面和叫外賣嗎？

他一定什麼都沒想過吧。

丈夫只顧著看電視，智子凝視丈夫的側臉。

自從生病以後，從未中斷過的英語教室也中斷了，跟婆婆一起辦的年菜教室也延期了。這陣子她常跑醫院，心情不好也是難免。

出院幾天後，好友河野千里來拜訪。

千里說會帶點心和茶水來，讓智子不必費心。這位好友真的帶來華麗的水果派，以及瓶裝的冷泡綠茶。兩樣東西都是銀座百貨公司賣的高級品，據說現在流行用紅酒瓶裝茶。千里很擅長挑選這些伴手禮。

「你精神還不錯嘛。」

聽到好友這麼說，智子才有一種終於出院的感覺。

「也才住院十天啊。」

「是說，你從手術室被推出來的時候，整個人縮在擔架床上。我真的嚇了一大跳，想說你怎麼變得那麼小隻。」

手術那天，女兒眞帆和千里都有來醫院。

「那時候眞是謝謝你啦。」

智子語重心長地道謝。

那天孫女佐帆也有一起來，但小孩子沒耐性，沒多久就開始哭鬧。

「眞帆，你先帶女兒回去沒關係，我會待在這。等手術結束，我再打電話告訴你。」

千里好心替眞帆解套。

「術後說明只能有親屬在場，到時你再過來吧。」

千里以前當過空服員，見過世面，自然比較懂人情世故。千里一下就把事情敲定，眞帆連要客套都來不及。

「眞帆也很謝謝你，她說千里阿姨體貼又細心呢。我也跟你道謝啊。」

「這又沒什麼。這個時代，不是說每兩人之中，就有一人罹患癌症嗎？說不定哪天換我中標，事先了解一下也是好事啦。就當學一點社會經驗，我也眞的學到不少東西啊。」

不會把自己說得勞苦功高，也是千里的一大優點。

「你療程都結束了嗎？腫瘤都摘除了？」

「關於這點啊。」

丈夫的公司有提供員工和眷屬健檢福利。大約半年前，智子驗出可能罹患子宮體癌。她跑了好幾家醫院做檢查，甚至有中醫師提供不必動手術的方案。智子幾經猶豫，最後選在御茶水大學醫院做精密檢查，並決定動手術。

好在只是第一期，但醫生表示，要先動手術才會知道更詳盡的病況。

「再來要從手術取出的腫瘤做病理檢查。第一期A就不用追加治療，萬一是第一期B，就得多做半年的化療。」

「多久會知道結果？」

「兩個禮拜後。」

「這段時間也只能等待了？」

「對啊，所以我實在靜不下來。」

智子也想跟丈夫討論自己的病況，但丈夫似乎認爲，他有一起聽醫囑就夠了，不需要再多討論什麼。

「聽檢查報告的日子已經決定了嗎？」

「嗯，下下禮拜四。」

「我也陪你一起去吧。」

「謝謝啊。」

有人願意陪自己去，智子高興又感動。

「我可以自己去啦。如果有需要再麻煩你。」

「我隨時奉陪。」

果然，還是朋友值得依靠啊。

「是說啊，萬一要做化療，你也不用太難過。療程才半年，能及早發現就該偷笑了。」

千里也很擅長安慰別人。

「也是啦。」

智子出院沒幾天，身體感覺好疲倦，連要打掃家裡都有問題。不過，能和朋友聊一聊，終究是件好事。

吃完水果派，千里摸摸茶杯、餐具，也沒急著離開。

智子用詼諧的口吻，聊起自己的住院生活。好比同一間病房的怪老太婆，還有個性奇葩的護理師等等。講到一半，智子赫然發現好友的態度怪怪的。

「千里，你是不是有話要告訴我？」

千里低頭摸摸茶杯，一副欲言又止的樣子，她平常很少這樣。

「……其實，我打算離婚。」

事出突然，智子嚇到忘了呼吸。

「你們已經在談離婚了嗎？」

「嗯，也談到一個階段了。正好是你檢查出癌症的時候，所以我一直沒講。」

「千里，你跟義昭感情不是很好嗎？」

千里跟丈夫義昭是在職場上緣定終身。千里是空服員，義昭也在同一家航空公司上班。兩人身材高䠷，從年輕時就是郎才女貌的一對。兩人同一時期進公司的，跟知己沒兩樣。女方年過三十還沒結婚，對未來相當不安，於是男方主動求婚。當初智子聽到這故事，覺得男方求婚少了點浪漫氣息，但也很有男子氣慨。兩人育有一個女兒千晶，已經念大學了。

「這種時候，我還麻煩你來醫院好幾趟，真是不好意思啊。」

這幾個月來，智子只談自己在醫院接受的各種治療，根本沒心情聽千里說話。千里也當了稱職的聽衆，智子眞的很感激她。

「不會啦，別這樣講。聽你講一些醫院的事，我也可以轉換一下心情嘛。啊，這樣講好像不太妥當喔。」

智子一開始很猶豫該不該動手術，眞正讓她下定決心的不是家人，而是千里。千里以好友的身分勸她接受最新的癌症治療，不希望她將來後悔。

「你不用放心上啦。」

千里說的離婚理由，其實也很常見。

「前陣子，我發現義昭外遇，原來我一直被蒙在鼓裡。」

某天，千里在因緣巧合下發現丈夫外遇。

「白天電視上剛好在播熟年離婚的節目，裡面提到丈夫打算離婚的徵兆。我發現義昭也有那些徵兆。」

電視上說的徵兆有以下四點：

①突然開始晚歸。

②洗澡時會把手機帶進浴室。

③動不動就打聽妻子的收入和存款。

④電腦和手機裡，有搜尋不動產的瀏覽紀錄。

「第一點很好懂吧，就是找一大堆理由，假裝自己工作很忙，其實是去見狐狸精。第二點也一樣，因為不知道對方何時會打來，不想被太太發現。至於第三點，代表丈夫已經有在思考離婚，以及該給多少贍養費。」

那也不是嚴肅的節目，攝影棚裡的觀眾聽了都哈哈大笑。

「我本來也是邊看邊笑，想不到天底下還有這種事。」

可是，看到後來千里笑不出來了，淚水也不由自主地溢出眼眶。

「這三點全都中了。而且哭過後我才發現，原來自己早有懷疑，只是一直藏在心底，裝作沒看到罷了。」

千里害臊地笑了，她笑自己的傻，笑自己裝聾作啞。智子看到好友難過的表情，牽起了她的手。

「節目還說，一旦發現第四個徵兆，基本上就沒救了。只有前兩點的話，多少還有一絲希望。」

於是，千里怯生生地打開夫妻共用的電腦，查看瀏覽紀錄。

她上好幾個知名房地產網站，發現有一大堆瀏覽紀錄和搜尋紀錄，都在車站周邊，離丈夫的職場不遠。

「再來情況就急轉直下了。」

丈夫回家後，千里向丈夫攤牌。丈夫直接說要離婚，似乎早就在等這一天到來。

「他一年前換了工作，這你知道吧？」

義昭從大型航空公司，跳槽到新開的廉價航空公司，享受高階主管的待遇。

「我就催眠自己，他回家時間跟以前不一樣也是正常的。可是啊，他跟那邊的年輕空姐好上了，是約聘的空姐，就是比較高階一點的打工仔啦。」

千里以前也當過空服員，平常不會是用這種蔑稱的，但她現在的心境，已經無法控制說出口的話了吧。

「他說，女兒也長大了，看要不要考慮一下不同的生活方式。他只撂下這句話就離開家了。目前我們透過律師談離婚事宜。」

「……千里……這樣眞的好嗎？」

「嗯。起初我也是有恃無恐，只要我不簽字，他也沒辦法跟我離婚。可是，律師跟我說，現在時代已經不一樣了。」

「是嗎？」

「是一個擅長離婚官司的女律師告訴我的。按照她的講法，很多男人不是非得在老婆和小三之間做抉擇，繼續拖下去，是有機會等到丈夫回心轉意。不過，如果對方有非離婚不可的理由，而且夫妻長期分居的話，法院也可能會判離，這種案例越來越多了。有的夫妻才分居幾年，法院也是判離。」

「才幾年，那很快啊。」

千里也認同，孩子長大以後，時間過得特別快。

「聽完律師的說法，我反而清醒了。那種在老婆和小三之間舉棋不定的人，我才不想跟他在一起，這不是我該做的事。」

夫妻離婚，有很多東西必須分清楚，好比財產、房貸之類的。千里也拜託智子，未來可以給她一點意見。她在說出這段話的時候，眼泛淚光，但態度依然不卑不亢。

俗話說，條條大路通羅馬。四十五歲以後，智子悟出了另一個眞理。

人到中年，種種不適皆源自更年期。

她是在四十五歲認清這個事實的，不，應該說是親身體會比較貼切。現在回想起來，那時候還算年輕呢。

那年初夏，她汗流得非常厲害。當然，夏天流汗十分正常，但每天早上起床，從臉到胸口，全都濕成一片，頭髮像被雨淋過一樣。

渾身濕濕黏黏的很難受，有時候天還沒亮就醒來。

她在枕頭邊擺放乾淨的上衣和毛巾，方便隨時替換。脫下來的睡衣沾滿汗水，拿在手上還有點重量。換好衣服，就順便去上個廁所。

智子一向淺眠，通常上完廁所就睡不著了。

她從來不會在半夜起來上廁所，祖母生前常抱怨，半夜要起來上兩次廁所很不方便，她聽了也不能理解那是什麼感受。

而且，冷氣要開一整晚才睡得著，否則會夜間盜汗。偏偏冷氣開一整晚又太冷，常常吹到手腳冰冷水腫。因此，她都把冷氣開得很涼，下半身再蓋棉被睡覺。這種行為在旁人眼中看起來非常浪費，但不這樣做她真的睡不著。

不只夏天如此，從五月中旬到十月都要忍受這種症狀。

過五十歲時，智子和丈夫分房睡了。他們對溫度的忍受度完全不一樣，況且，智子天還沒亮就醒來，也影響到了丈夫的睡眠。幸好兩個女兒一個成家，一個找到工作，都搬出去了，家裡也不缺空房間。

又過一段時間，心悸和呼吸不順的症狀也出現了。有時候睡到半夜，心臟會突然跳得很快，快到令人膽寒。

智子心想自己一定是生病了，她做了很多功課，去醫院做檢查，也向其他人打聽。起初她以為是甲狀腺疾病，但內科的檢查報告顯示，她的甲狀腺並無異常。

「這跟年紀多少有些關係啦。」長相頗帥氣的年輕醫師說出了這番見解，智子才驚覺自己可能是更年期障礙。她去婦產科做檢查，發現女性荷爾蒙明顯偏低。

這下，所有更年期症狀都來了。

淺眠、失眠→更年期。

暈眩、耳鳴→更年期。

手腳莫名發癢→更年期。

皮膚乾燥→更年期。

智子還在用舊式手機。賣手機的店家，還有女兒和婆婆，都推薦她用智慧型手機，但她認為舊式的就很夠用了。實際上，舊式手機也能上網查東西。

她上網輸入自己的症狀，在各式各樣的理由中，一定會有「更年期」這一項。

到後來，連右手的無名指都在痛。稍微彎曲手指，肌腱會有緊繃的感覺。

智子不相信手指痛也是更年期症狀，應該是手指操勞過度吧。

她再次上網搜尋，每一則「腱鞘炎」和「板機指」的說明後方，都會註明「更年期女性常有的症狀」。

可怕的更年期，連手指都不肯放過……

就這樣，智子認命了，種種不適皆源自更年期。

泡沫經濟的時候，她跟學生時代的好友一起去義大利旅行，買了一套La Perla的內衣。認命了以後，她將那套內衣收進櫃子深處，沒再拿出來。

香檳色的絲質內衣，裝飾著令人嘆爲觀止的精美蕾絲。可惜放久都變色，她也沒勇氣再穿了。

儘管體重跟年輕時差不多，但那套內衣大概也無法包覆住現在的贅肉了吧。更何況，現在智子有手腳冰冷的問題，十条商店街賣保暖內衣的「紫屋」，才是她眞正的依靠。

智子第一次踏進這家店，是剛步入五十大關的時候。

紫屋是商店街的知名店鋪，但她以前從沒進去消費過。

她只在電視上看過那家店的報導。據說，那家店賣的衣物都很便宜，他們會跟一流大廠收購顏色和尺寸不齊的款式。她也只當趣聞在看，也沒想要進去逛一下。

店鋪外面總會擺幾個大紙箱，價格標示牌還是用手寫的，短襪六十圓，褲襪也才九十九圓。附近的老人家會擠在紙箱前面挑選商品。

老實說，智子拉不下臉。去那種地方買內衣，女人的尊嚴就毀了。

反正她也不穿短襪。絲襪都是去新宿逛百貨公司的時候，一次買齊。買好一點的東西愛惜使用，才是省錢的正道。她一直是這麼想的。

可是，前幾年和彥的上司去世，她要陪丈夫去弔唁。當時是三月，氣溫還很冷，到時肯定要在屋外等候進場，因此她去了一趟百貨公司，只可惜，春季將近，百貨公司也沒有適合穿去葬禮的黑色厚褲襪。

在回家的路上，智子經過十条商店街，看到紫屋，便不由自主地停下腳步。

「請問有賣保暖的褲襪嗎？參加喪禮要用的。」

智子抱著姑且一試的心態問店員。對方看起來比她大幾歲，一聽完她的需求，就用開朗的語氣推薦一款非常保暖的褲襪。

店員拿出來的褲襪，是百貨公司絕對看不到的加厚款，內側還有毛絨。價格更是便宜，才兩百九十圓。她本來不敢進去店裡光顧，那次添購褲襪，還順道買了加厚的短襪和毛絨內衣。

那款加厚的黑色褲襪，讓智子參加喪禮不受寒風侵襲，全程都好暖和。

有了美好的消費經驗，智子成了紫屋的常客。

每次去商店街購物，都會順道去看一下。尤其冬天的保暖內衣，品項更是豐富，因為主要客群都是中老年婦女。

過一陣子她才發現，家中衣櫃塞滿了紫屋的內衣，有些買了都還沒穿過。兩個女兒都調侃她了。

不過，去那家店裡消費，帶給智子一種安心感。

她終於敢承認自己老了。

老人家的內衣舒適又好穿。穿著保暖內衣出門，走路也輕鬆自在。

年輕的時候，智子並不乏追求者，她總認為自己必須無時無刻維持「女性的魅力」，至少，也應該保持端莊的慈母形象。

現在終於敢承認自己老了，她也鬆了一口氣。

這一放鬆下來，沒多久就檢查出癌症了。

千里坦承自己要離婚後，經常深夜打電話給智子聊天。智子跟丈夫分房睡，可以像學生時代那樣愛聊多久就聊多久。

「我們是三十歲結婚的，所以啊，這二十五年來的財產全部對半分。婚後我幾乎都在家裡當家庭主婦，但他能在外面安心賺錢，我也有功勞吧。」

只是，她們現在聊的，多半是很現實的金錢問題，跟學生時代差多了。

「是喔？不過，你怎麼知道丈夫婚前有多少積蓄？我就完全想不起來呢。」

「想不起來正常啦。倒是我丈夫記得很清楚，我也嚇了一跳。他說自己婚前的積蓄有三百多萬圓。婚宴的開銷，扣掉親友送的紅包以後，也是他和他家人出的。這些事我都忘光光了，他卻記得一清二楚呢。」

千里總是打扮入時，又愛用名牌貨。這是智子第一次聽她談起金錢問題。

「眞想不到，我以爲義昭是個爽快的人，不太在意錢的事情呢。」

智子想起以前還單身的時候，三個人一起吃飯，義昭絕對不會讓她們出到錢。不讓女性出錢一方面是時代潮流，一方面也是男方的個性使然。

「我也是那樣想啊。誰知道他說變就變，離婚這事還眞是嚇人，對吧。」

智子聽出好友自嘲的語氣，不免擔心起來。

「之前啊，我去參加一場講座，專門講離婚和金錢問題。講師是黑船雛子，就那個最近很常上電視的老師啊。」

「咦？還有那種講座喔？」

「這時代上網搜尋一下，什麼都找得到啦……然後啊，我請老師幫忙算一下，我日後需要的生活費，還有能拿到多少贍養費。她是用一般熟年夫妻的經濟狀況來說明，最後得出的結論是，不要離婚日子會比較好過。」

「當然是這樣沒錯啦。」

「不離婚繼續撐下去的話，之後每個月能領到國民年金十三萬圓，厚生年金十萬圓，總共二十三萬圓。沒有工作的熟年夫妻，每個月開銷不到二十五萬圓，不夠的部分再從儲蓄支出，生活就沒問題了。當然這個假設的前提是，夫妻都沒生病，不需要請看護，也不會去旅行。」

「有那筆錢就不用擔心了嘛。」

說來也現實，智子聽著好友離婚的話題，反倒替自己鬆了一口氣。至少，她的家庭還沒有離婚的危機。

「我跟他同齡，都是三十歲結婚。他一畢業就找到工作，做了三十三年，跟我結婚算二十五年。因此，是用三十三對二十五的比例來分的，簡單講，就是四比三啦。年金、儲蓄、退休金，都是用四比三來分。拿到的年金會少很多就是了。國民年金對半分，厚生年金則是四比三。以我們的情況來講，國民年金一半是六萬五千圓，厚生年金他拿五萬七千圓，我拿四萬三千圓。不過，這筆錢也要等到我們六十五歲以後才領得到。然後啊，接下來的五年，也就是在他六十歲退休前，是那個女的在照顧他的生活，所以這五年的錢我也拿不到。」

「才五年也要扣？」

「對啊。然後，他辭掉上一份工作跳槽，也有領到退休金。再加上他自己的存款，算一算有兩千多萬圓吧。」

千里的女兒以前念私立的完全中學，一家人又在新宿買了間公寓。開銷這麼大，還能存下兩千萬圓，航空公司的福利真好啊。

「這些財產也是按四比三的比例來分。他拿一千一百四十二萬圓左右，我拿八百五十七萬圓。聽說啊，夫妻離婚後，女性的生活開銷比較大，一個月差不多十五萬圓。像我這樣，離婚還要等十年才拿得到年金的人，假設去打工，每個月賺七萬圓，也還是要動用到自己的積蓄才夠。換算下來，八年後我就幾乎沒有存款了！意思是，在我領到年金之前，我的存款就快歸零了。」

「咦？才八年就沒存款了？那時候你也才六十三歲耶！」

智子嚇得摀住嘴巴。

她很難想像千里手頭拮据的模樣。在她的認知裡，千里是跟貧窮無緣的人。

「還有呢，我們現在住的房子怎麼處理也是問題。好在還有個女兒，我們母女倆應該可以繼續住下去。只不過，剩下的貸款要由我們來繳。而且，他還堅持要用過去繳的貸款來抵贍養費呢。有房子住，是比無殼蝸牛強啦，但貸款能繳到什麼時候也不知道。」

智子啞口無言了。

「是說，有時候我自己也會想，爲什麼事情會弄成這個樣子？好像才一轉眼的功夫，所有事情都變調了。」

這種遭遇確實令人難以接受。智子也只能盡量安慰好友，當一個稱職的聽衆。

講到最後，千里也建議智子思考一下自己的財務狀況。

隔天，智子打開存摺確認目前有多少存款。

不看還好，這一看，智子眞的嚇傻了。她原以爲家中還有不少積蓄，豈料幾乎快要見底了。

有些人是一夕之間突然失去所有財產。好比經商失敗、碰上詐欺、鋪張浪費、賭博等等。但智子家沒有碰到這些問題，他們只是單純過日子而已，錢就幾乎快花光了。

長女眞帆高中畢業時，他們夫妻的存款還有八百萬圓。

遙想剛結婚的時候，婆婆給了她一本羽仁元子女士的「模範記帳本」。婆婆還交代，生活不必過得很拮据，只要把花的錢記下來就好。

智子老家在中國地區＊，父親是地方公務員，一家人住在祖父母傳下來的大宅院裡。

家境不算富裕，但不用繳房租，鄰居之間又會互相分享食物。在那種環境下，大家也不太有「節儉」的觀念。

一般人都以爲鄉下生活不花錢，但住在鄉下需要汽車代步，每個家庭有一、兩台車是正常的，有些家庭甚至會有三台車。再者，鄉下地方有很多都市沒有的「交際活

＊日本的鳥取縣、岡山縣、島根縣、廣島縣、山口縣。

動」，這類活動也相當花錢。

比方說，親戚和鄰居辦法會，白包不能包太少。有慶典活動，也得捐款給神社和居民自治會，順便訂製跟大家一樣的浴衣。想當然，親戚的孩子升學和結婚也要包紅包，智子年輕時也拿過那些錢。

尤其鄉下地方，大家都了解彼此的經濟狀況，該花的錢不花，又不肯參加交際活動的人，會被當成小氣鬼，不會有好名聲。

因此，智子不認爲節儉是美德。

當年，和彥和公公來智子老家提親，只帶了一盒糕餅當伴手禮。的確，雙方都同意婚禮簡單就好，但怎麼有人提親只帶一盒糕餅呢？智子的父母十分不解。過了這麼多年，他們跟親戚聊天的時候，也會開玩笑地說，女兒的身價就只有一盒糕餅而已。

婚後，智子一開始不太習慣都會生活，但東京人特有的冷漠疏離，反而帶給她一種解放感，就跟躺在地上伸展四肢一樣快活。她在老家時才不敢這麼做，鄉下人家房子都不上鎖的，萬一鄰居開門進來，看到她閒閒沒事躺在地上，沒準又有意見了。

相對的，婆婆教她記帳，她也開始重視節儉的觀念。但孩子出生後，想買一台小車代步，丈夫還要先跟婆婆商量，她眞的看不慣。又不是要買兩、三台車，老家的人可不會這麼小氣。

母親還在世的時候，她會打電話抱怨東京人有多小氣。現在回想起來，也是令人莞爾的回憶。

也多虧夫家節儉，他們才存到八百萬圓。結果，如今這八百萬圓也快花光了。

首先，眞帆念兩年制的專校，美帆念四年制的大學，兩人的學費加起來就花了五百萬圓。眞帆結婚的時候（女兒說要自行張羅婚宴，婚宴並不奢華），兩家人碰面吃飯，還有眞帆挑選婚紗的追加費用（實際去看婚紗，女人總會忍不住挑更漂亮的款式，超出預算也是可想而知的事情），也都是一筆開銷。親戚從鄉下來參加婚宴，也要補貼人家一點交通費。這些零零總總加起來，輕易就花掉了一百萬圓。

之後，智子的母親和公公相繼去世，舉凡住院費用、喪葬費用，都是幾個兄弟姊妹均攤。人家叫他們出多少，他們就出多少。

再來，還有智子住院治療的費用。這次手術適用健保給付，但開刀之前她跑了好多家醫院，檢查費用也超出預期。

實際上，和彥的薪水這十年來幾乎沒調漲過。丈夫任職的企業是小有規模的精密機械製造商，雷曼風暴以來，業績始終沒有起色。經營層也多次考慮，要將公司賣給美國或中國的企業。而且，丈夫年過五十都還沒當上課長，只有一個「次長」的頭銜，智子也不曉得這頭銜算不算主管。

更麻煩的還在後頭……日後婆婆的看護費用，得花上多少錢呢？智子光想就頭疼。和彥的弟弟住在大阪，接下了岳父母的生意。雖然不是招贅的，但也形同招贅了。智子只有在婚喪喜慶的場合見過對方，也不知道他們兄弟倆是怎麼商量的？還是根本沒商量過？智子也不敢過問太多，她怕這話一說出口，丈夫會全部交給她處理，只好繼續裝聾作啞。

錢就這樣一點一滴從手中溜走。智子這才驚覺，存款已經剩不到一百萬圓了。要像千里家那樣存到兩千萬，無疑是痴人說夢。

智子出院已經一個禮拜了。

總算可以出門採買了。醫生有吩咐這一個月不能騎自行車，所以她慢慢走到十条商店街。

「哎呀，你出院啦？」

智子先前往紫屋，熟識的店員笑咪咪地歡迎她來。住院之前，智子來買幾件前開式的睡衣，也談到了自己的病況。店員還記得這件事。

「我這陣子都不能騎自行車了。」智子說完這句話，店員也不訝異，直接建議她買一台購物拖車，才八百九十圓而已。店裡的一個角落也有賣那些雜貨。這種專門做老人家生意的商店，對老人家的各種需求很敏感。店員還少收兩百圓，算是慶賀智子出院。

智子心想，自己離老人又更近一步了。

這次自己生病，加上好友遭逢婚變，讓她重新檢視家裡的財務狀況。她的心境也產生了極大的變化。

智子被迫認清現實，她必須再次節儉存錢，來面對老年生活的各種開銷。而且以現在的經濟狀況，她也不可能跟丈夫離婚。

過去智子沒有認真想過這些問題。她對丈夫沒有太大的不滿，但這次生病住院，丈夫完全不會做家務這件事，也給了她反思自己人生的機會。

丈夫只是木訥，並不是一個沒有心的人。他一輩子努力工作，賺錢養活一家大小。婆婆也是精明的婦女，兩個女兒都很喜歡奶奶。

不過，丈夫退休以後，夫妻兩人又會過上怎樣的生活呢？一想到這個問題，智子一顆心惴惴不安。

是不是也跟現在一樣，每天幫丈夫做飯、洗衣、打掃，兩個人大眼瞪小眼呢？

光想到這景象，她就嘆了一口氣。

千里上次算過熟年離婚女性的生活開銷，那是非常現實的問題。智子也被迫認清事實，就算對丈夫有所不滿，也只能忍氣吞聲了。

她從沒想過要離婚，現在明白離婚是絕對不可能的選項，她反而無法接受。

平常一起吃晚餐，一句對話都沒有，類似的情況屢見不鮮，智子的不滿也越來越深。

那傢伙又不會做飯，憑什麼吃我煮的東西，一句感謝也沒有？

週末假日，丈夫也是整天躺在家無所事事，偶爾會跟朋友一起去打高爾夫球，那是他唯一的興趣。智子也是跟平常一樣，做好飯菜等丈夫回來。

丈夫退休以後，也要一直過這種生活嗎？

智子來到商店街正中央，進入超市挑選食材。

門口放了一堆店家主打的便宜蔬菜，吸引了智子的注意力。

高麗菜一顆一百圓，白菜半顆一百圓，洋蔥一袋一百圓……挑完蔬菜，智子往肉類賣場走去。今天雞胸肉一百克才賣四十八圓，比平常的五十八圓還要便宜。她挑了四塊一包的雞胸肉，也挑了兩包豬絞肉，一百克才賣九十八圓。

十条商店街也是知名的美食街，有不少賣熟食的店家，各大媒體也報導過。雞肉丸一顆才十圓，比手掌大的炸雞一塊才一百六十圓，每種都很好吃。

智子住院前也常買回家吃。家裡就他們夫妻兩人，買現成的不用自己辛苦油炸。況且都煮這麼多年了，偷懶一下也未嘗不可吧。買道現成的小菜回來，準備好白飯、味噌湯，頂多再做一道菜就夠了。

可是，現在沒多餘的錢買現成的小菜了。智子一回到家，就忙著處理雞胸肉。四塊雞胸肉全部去皮後，其中兩塊切丁，放進調理機打成絞肉。每一百克裝成一包，放進冷凍庫。剩下的切片，用酒和薑醃漬。智子在電視上看過，這樣肉吃起來會更加柔嫩美味。醃漬好的雞胸肉也分批包好，一半放進冷凍庫。

豬肉也分批包好，一部分放進冷凍庫。高麗菜半顆切絲，做成生菜沙拉，裝入保鮮盒放進冰箱。

做完這些活，智子已經累壞了。

她坐在餐桌邊，一隻手撐在桌上托著腮。

年輕的時候，做這些事根本不會累啊。

那時候她還有打工，下班後要先去採買，一回家就煮晚飯給兩個女兒吃。女兒吃完飯，還要趕她們去洗澡，哄她們睡覺。女兒都睡了，還要等晚歸的丈夫。

女兒都長大成人，也該有自己的時間了。

沒想到，都到了這把年紀，還得辛辛苦苦做這些事。

智子望向廚房，還剩下半顆高麗菜，白菜和洋蔥也都還沒處理。沾滿肉沫的食物調理機放在水槽中，砧板和菜刀也沒收拾。

深沉而無奈的嘆息，自體內傾洩而出。智子自問，這些家務我要做到什麼時候？

沒辦法，誰叫我家窮，沒錢呢。

這話一說出來，眼淚也跟著落下。

其實，昨天晚餐也是吃雞胸肉。雞胸肉切塊和洋蔥一起煮成雞肉蓋飯，另外還做了味噌湯和生菜沙拉。

「肉吃起來有點硬耶。」

丈夫吃著雞肉蓋飯，嘀咕了一句。

眞要說起來，丈夫對食物並不挑剔，有什麼就吃什麼。昨晚講那句話也沒惡意，就是一句單純的感想罷了。

可是，智子聽了大動肝火。

她差點就把筷子扔到丈夫的臉上。不，她在腦海裡已經那樣做了。但現實中，她只是默默地起身離席。

確實，肉太硬了。可能是煮太老，或是切的方式不對吧，總之口感並不好。不是雞胸肉的問題，只要調理得當，雞胸肉吃起來反而比腿肉更軟嫩、更健康。英語教室的外籍老師曾說，在她的故鄉澳洲，雞胸肉的價格比腿肉還要貴，因此剛來日本的時候，看到雞胸肉這麼便宜還嚇到了。

換句話說，是調理方法的問題。智子是料理經驗豐富的家庭主婦，端出那樣的菜，她自己也覺得丟人。有本事教別人煮年菜的人，連雞胸肉都搞不定，說來也真奇怪。

智子也明白，是自己調理方式不對。

然而，她的情感無法接受。

再等一個禮拜，檢驗結果出來，就知道要不要進一步治療了。如果必須做化療，又得住院好幾天。即便出院，也得忍受好一陣子身體不適。

到了那個地步，和彥該怎麼辦呢？

各種陰鬱的念頭揮之不去，彷彿自己注定要做化療一樣。或許先做好心理準備，到時候聽到噩耗比較不會遭受打擊吧。

化療要做半年……雖然有健保給付，花不了多少錢。但長時間不能自己煮飯、做家事，剩下的一百萬圓肯定很快就花光了。

一想到這裡，動完手術的下腹部隱隱生疼。

「最近醫院總是人滿為患，是不是各地的醫院和醫生都不夠啊？」

千里看著候診室的電視自言自語。

「不好意思啊，害你跑一趟。」

今天，智子來醫院聽子宮體癌的病理報告。預約時間是下午兩點，都過了二十分鐘還沒輪到她。候診室有一排沙發，坐滿了二十多歲到八十多歲的婦女。

「我沒別的意思啦。再說了，是我自己硬要跟來的。」

智子不敢獨自來聽檢查結果，所以傳簡訊給千里訴苦。千里立刻答應陪她來，絕不是千里硬要跟來的。

「就利用等待的時間來聊天吧。」

「以後我們老了，在這裡碰面會變成例行公事吧。」

智子無奈地笑了。

「……你跟義昭的事，都談好了嗎？」

「我們決定所有的錢對半分，再來應該很快就談好了吧。」

千里的女兒千晶已經二十歲了。據說，他們夫妻爭吵的，是女兒的學費和扶養費。

「那傢伙拜託我跟他離婚的時候，還保證一定會安排好我們母女的生活。結果咧，現在他竟然反悔，說女兒已經二十歲了，不需要扶養費。」

「咦？不會吧？千晶還在念大學耶？」

「就是啊。他只肯出一半的學費，扶養費完全不想出。」

「太過分了吧。」

「人啊，一旦決定分道揚鑣，就不顧念過去的情分了。我猜，一定是那個狐狸精在背後指使，他才會變得這麼不乾不脆。」

或許，錢的事吵到最後，也吵不出一個結論吧。

「最令我頭大的，是他已經開始安於現狀了。」

「怎麼說？」

「我之前不是說了嗎？我的律師告訴我，男人不是非得在老婆和小三之間做抉擇。在外面有一個年輕的女人，回糟糠之妻身邊又能看到可愛的女兒。現在他似乎覺得這樣兩邊來來去去，好像也不壞。」

「也太扯了吧。」

智子聽了一肚子火，也太瞧不起女人、太瞧不起自己的妻子了。

「最近啊，那傢伙兩面遊走，還裝可憐說自己也很痛苦。我聽了只覺得荒謬。好歹我也跟他生活了大半輩子，他在想什麼我會不清楚？我們女人很討厭這樣，既然已經決定要分開了，就不該藕斷絲連。」

「對啊。」

智子同意這個說法，同時也注意到千里陰鬱的表情中，夾雜了一絲別的情緒。說不定千里也還沒對丈夫徹底死心吧。

眞正開始安於現狀的，應該是千里吧。她一邊抱怨丈夫，卻又不敢改變現狀。

智子偷偷觀察千里的表情。

沒人能苛責她，畢竟他們夫妻在一起二十五年了。

「御廚女士，請進三號診間。」

年輕的護理師拉高嗓子叫人。

千里的眼神立刻恢復平時的專注與精明。

「智子，在叫你了。」

智子沒有答話，緊緊握住好友的手。

智子和千里像小學生那樣，手牽手一起進入診間。千里躲在智子身後，看得出她非常害怕。

千里一開始還信誓旦旦地說，會好好陪伴智子，以免智子壓力太大暈倒，結果現在反而是她在害怕。智子覺得有些好笑，但並不討厭好友的反應。好友會這麼害怕，代表她是眞心關懷自己。

智子進入診間後，反而放下了心中的重擔。

診間的氣氛跟平常不太一樣，沒有陰鬱凝重的氣息。

最近智子常跑醫院，所以她感覺得出來。年輕的醫生和一旁的護理師，臉上的表情也看不到往日的擔憂，氣氛並不緊繃。

「御廚女士，請坐。」

「今天我請朋友陪我來，沒關係吧？」

「啊，這位女士也請坐。」

診間剛好有兩張椅子，兩人都坐了下來。

「關於檢查的結果。」

醫生直接開門見山。他笑笑地打開病歷。

智子看到了足以安心的證據。過去這位醫生幾乎沒有笑容，今天卻笑了。

「恭喜您，驗出來的結果是第一期A！」

「咦？」

智子從醫生的表情就猜出這個結果，但實際聽到，還是不免驚訝。

「好在是第一期A，切除的腫瘤只有一公分左右。」

「智子，太好了……」

千里都哽咽了，幾乎說不出話來。

智子望向好友，激動地點點頭，接著她又問醫生。

「……那麼，需要做進一步治療嗎？」

「應該不用了。」

醫生談起今後的療程（接下來每個月都要回診，之後每年做一次電腦斷層掃瞄），但智子已經心不在焉了。

她似乎聽到腦海裡有一道聲音，也不曉得是自己的聲音還是別人的聲音。那一道聲音告訴她，自己的人生才要開始。

「所以，今天你們兩個一起來啊。」

千里帶著有點緊張的智子，來找理財專家黑船雛子。這位專家長得有點福態。

那天聽完檢查報告，兩人到御茶水車站前的咖啡店喝茶聊天。智子聽了千里的建議後，認爲自己也該找個人商量一下眼前的煩惱。

「不好意思，因爲我聽了河野小姐的建議，也想來請教老師。這邊的工作人員告訴我，您也接受團體諮詢是嗎？」

「沒錯，很多人擔心來諮詢財務問題，得揭露自己的身家財產。其實，一開始跟朋友一起來聊聊就好，比較沒壓力。有些理財專家只提供個人諮詢，我是認爲，一開始用什麼方式都沒關係。等談得更深入的時候，再換成一對一也不遲。」

黑船女士說話時，眼珠子也骨溜溜地轉。這位理財專家近來很常上電視，在節目上還會誇張地大喊：「8×12是魔法數字！」但私底下平易近人，跟電視上完全不一樣，智子一下就放鬆下來。

千里是確定要離婚了，但智子的煩惱，還只是心中的一塊小疙瘩。而且，存款不夠這件事也該找人商量。至於那些茫然的不安和不滿，一個人想再多也無濟於事。

現在不用做進一步治療，智子心情也好一點了。因此，她才會產生積極正向的心態，想要好好解決眼前的煩惱。

諮詢一小時要價六千圓，兩個人對分也要三千圓。智子也不認爲付了這麼多錢，就能輕易解決問題。她只是想要一個證明，證明自己有積極處理問題。

有了這個證明，花三千圓也算値得了吧。

「那麼，今天我們先來聽聽御廚女士的問題吧。」

「謝謝。不過，我也沒自信說得清楚，有什麼含糊不清的地方，還請包涵。」

智子坦承，她聽了千里的遭遇後，仔細檢視家中的財務狀況，才發現存款只剩下不到一百萬圓。另外，雖然治療告一段落，但體力已大不如前，恐怕無法像年輕時那樣節儉生活了。女兒們有各自的家庭和事業，智子不希望給她們添麻煩，偏偏未來要花多少錢照顧婆婆也說不準……

「老實說，除了剛才講的那些問題，有件事我連對千里也沒說過……」

智子向千里使了一個眼色，說出她藏在心底的祕密。

「幾天前，我小女兒美帆回來看我。她有稍微提一下，自己目前有交往的對象。」

「那很好啊，女兒願意跟媽媽坦白，是値得高興的事。」

千里愉快地答腔。

「是啦。不過，依我對她的了解，她不太會跟父母談論自己的事情，之前也都沒提過。這次特地回家講，是不是她有意思要結婚了？」

「這麼說，你擔心還要花一筆結婚的開銷？」

不愧是理財專家，黑船女士馬上看出問題的癥結。

「沒錯，我大女兒結婚時也是那樣。年輕人都說要自己辦，但娘家終究會花到錢嘛。寶貝女兒要嫁人，做父母的當然希望她們在結婚這件事上不用爲錢煩惱。而且啊，結婚也要考量到親家的要求，說不定人家想辦豪華婚宴，到時候，也不知道要幫忙出多少才好……昨天晚上，我想到這些問題，一整晚都睡不著。」

「我明白了。」

黑船女士把智子說的煩惱都寫下來。

「首先，關於您小女兒結婚的問題。」

看來黑船女士打算直接切入正題。想一想也對，諮詢時間才一個小時，而且還要回答兩個人的問題，當然是有問必答比較好。

「這件事，我建議您先不要想太多。畢竟這是您女兒的問題，不是您一個母親該煩惱的問題。就算男方家眞的想辦豪華婚宴，那也是年輕人該攜手解決的事情，輪不到您來操心，不是嗎？他們已經是成年人了，要有獨立思考的能力。再說了，您都還沒見過您女兒的男友，煩惱這麼多也沒意義。我這麼說吧，您只要解決自己的根本問題，您女兒的問題也就迎刃而解了。」

「這……也是。」

智子對這個答案不太滿意，要是可以輕易放下，她也不會煩惱了。但現在有一個專業人士告訴她，這不是自己該煩惱的問題，也確實讓她鬆了一口氣。

「至於您婆婆的問題也一樣。我個人認爲，照顧老人家，不該陷入貧困的惡性循環。根據法律，子女有照顧父母的義務，但也是在經濟能力許可的範圍內。如果你們真的沒錢照顧老邁的婆婆，可以把婆婆的戶口分出去，讓婆婆領取救濟補助。實際上，只要解決您人生真正重要的問題，這個小問題也會迎刃而解。」

語畢，黑船女士拿起桌上的茶水飲用。瞧她的態度，接下來要講的才是關鍵。

「聽了您剛才的煩惱，有件事我挺在意的。按照您的說法，家中存款不多，想要節儉生活，又怕自己體力不堪負荷對吧。這一整段對話當中，您多次談到自己的丈夫。您說丈夫不會做家事，對家庭又漠不關心，所以您凡事都得自己來。」

沒錯，今天智子是來諮詢財務問題的，不是來發洩對丈夫的不滿。丈夫不會奢華鋪張，對節儉存錢沒有負面影響，但她還是忍不住抱怨了一下。

「其實您真正的問題，是對您丈夫不滿吧？」

「這麼說也是啦……夫妻在一起久了，對彼此都有些不滿嘛。年紀大的夫妻應該都是這樣吧？況且……」

智子瞄了一下身旁的好友。她盡量不談丈夫，也是怕即將離婚的好友傷心。千里也看出來了，她輕輕點頭，要智子不必顧忌。

智子與和彥是經由朋友介紹認識的，年輕時的和彥不苟顏笑，是個認真的好青年。智子在他身上看到了父親的影子。父親生於昭和初期，也是個憨厚的人。在泡沫經濟的年代，社會上多的是輕挑浮華的男子，憨厚的人實屬少見。

智子對丈夫抱有太多的幻想。在她心目中，丈夫應該是一個平時寡言，到了緊要關頭非常可靠的男人。誰知道丈夫純粹就是一個木訥的人。

「我聽了千里的經歷，也不敢跟我丈夫離婚。就算拿到一半的退休金和年金，女人還是比較吃虧啊，我們家又沒多少存款。」

「我確實有幫河野千里女士算過未來的生活開銷。不過，這是希望她認清現實，好好度過未來的人生，絕不是要你們用負面的態度過日子。」

「可是，您都盤算到離婚後的生活了。」

「御廚女士，我不是建議您離婚。我只是要您明白，經濟的問題不是您一個人忍耐就能解決的。您先不要想經濟的問題，先好好想一下，自己到底想怎麼做。」

「好的。」

「離婚不是人生的終點，而是新生活的起點。」

智子望向千里。

「也對。不好意思啊，千里。」

「幹嘛這麼客氣，你的心情我怎麼會不明白呢。」

兩人相視而笑，黑船女士又說。

「好，我們來談論具體方法，先從自己做得到的事開始吧。」

智子採買完，將買回來的東西放進冰箱後，打開自己的錢包。她拿出裡面的發票和鈔票，先點清鈔票，將鈔票整理好後，放回錢包裡。再仔細核對發票明細，看自己到底花了多少錢，然後拿磁鐵貼在冰箱上。

黑船女士教她，這樣做就不會忘記冰箱裡有哪些東西。

「光是確認錢包裡剩多少錢，再核對發票，就有非常好的節約效果。智子女士，與其買一堆特價的食材做省錢料理，不如把買回來的東西好好用完，避免浪費。當然，身體不舒服的時候，還是直接買現成的小菜回來吧。健康才是最重要的。」

「這樣真的可以嗎？」

「沒問題的。您女兒都獨立了吧？那您家裡應該花不了多少伙食費。不管你買什麼回來，都比外食便宜。相對的，我建議您月底節省一點，每個月的最後一個禮拜不要去採買，把家裡現有的食材或囤積的食材清一清。思考一下，煮什麼樣的菜色可以把那些食材用完。不用擔心，一般家庭的廚房裡都備有一個禮拜的食物量。用這種方式，就能用完全部食材。」

「原來如此。」

還記得剛出院那天，智子以爲家中沒東西吃，沒想到隨便都能煮出一餐來。

「先從自己做得到的事開始就好。還有一點，你們夫妻不妨每個禮拜挑幾天，各自張羅自己的伙食如何？」

「咦？」

「剛才，您說自己有在上英文課對吧？不然，有課的那天晚上，請您丈夫自己一個人吃飯如何？看是要自己煮，或是要去外面吃都沒關係。夫妻之間稍微拉開一點距離，思考老年生活要怎麼過，也未嘗不是一個好方法。」

講起來簡單，如果眞能那樣做，不知該有多好。其實，其他學生上完課以後，都會一起去吃飯。但智子還要張羅丈夫的晚餐，只能推掉那些飯局。

「爲丈夫犧牲自己，這種生活方式不要再持續下去了，否則只會害彼此不幸。」

一旁的千里似乎也感同身受。

今天的晚餐有味噌湯、白飯，以及納豆配豆腐，主菜則是韭菜炒豬肝。味噌湯是今天早餐剩下來的，豆腐和納豆都是現成的，眞正需要自己煮的只有韭菜炒豬肝。這也是黑船女士教的，一湯兩菜，其中一道買現成的就好，這樣輕鬆煮也是一餐。

智子去採買時，買了不少現成的菜色，好比豆腐、納豆、海髮菜、雞蛋豆腐、魚板等等，只要打開包裝就能端上餐桌。只有一道主菜要煮，有時候不想麻煩，就去十条商店街買美味的熟食回來。

過了晚上八點，丈夫回來了。

和彥跟平常一樣，換好衣服坐到餐桌旁，準備拿遙控器打開電視。

「等一下再開電視吧？我有件事要跟你商量。」

「什麼事？」

丈夫乖乖放下遙控器，睜大眼睛看著智子，跟其他男人相比，丈夫的眼睛算大了。那雙眼睛沒有一絲陰霾，根本沒料到妻子對自己有怨言。

現在想想，夫妻兩人好久沒有這樣看著對方交談了。

「我禮拜四不是要上英文課嗎？」

「嗯。」

丈夫很自然地點點頭，智子懷疑他是否真的記得這件事。

「以後每個禮拜四，晚餐你自己張羅，好嗎？」

智子一口氣說完要求，沒有停頓。

「自己張羅？什麼意思？」

「就是字面上的意思。你要自己做飯也好，要去外面吃也好，要回老家吃也沒關係。我只是希望禮拜四晚上，可以暫時擺脫這件事。」

「為什麼？」

丈夫臉色不太好看。

「上完英文課，大家都會跟老師一起去吃飯聊天。我一直很想參加，可是又要張羅你的飯菜。現在我不想強迫自己忍耐了。」

飯菜擺在面前卻不能馬上享用，丈夫看起來就像一個心急的小朋友。

「我不是生病了嗎？所以未來的人生，我不想強迫自己忍耐了。每個禮拜讓我休息一天也沒差吧？」

「我知道了。」

丈夫平靜地結束對話，再一次伸手拿遙控器。

智子吁了一口氣。

老實說，她希望每個禮拜再多休息一天。另外她也想告訴丈夫，上英文課不是唯一的理由，自己年紀大了，處理家務越來越吃力了。

「一步一步慢慢來，不要急。不要想一口氣改變現狀。」

智子想起黑船女士最後告訴她的建議。

沒錯，一步一步慢慢來。每個禮拜一次，讓丈夫自己張羅晚餐，或許他就懂得設身處地替妻子著想了吧。

至少，丈夫沒有拒絕她的請求。

智子拿起筷子，夾起丈夫已經在吃的飯菜。韭菜炒豬肝有點嗆辣，智子用力嚼了幾口吞下肚。

第六話
省錢一家

前不久，小花我碰上了兩年一度的重大抉擇。

沒錯！

手機綁兩年約，終於到期了。

相信各位也明白，這次的抉擇會影響到未來兩年的開銷和日常生活。

順帶一提，我男友（美術大學畢業後，從設計公司的實習生轉正職）沒綁約，他是那種只要iPhone推出新機，就會換手機的人。

因此，他也是S電信的忠實客户，每次iPhone推出新機，那家公司就會跟著推出促銷方案。而且，他用的還是iPhone plus，價格特別貴。

從理財的角度來看，這不是一件好事。我也懷疑他值不值得託付終身……

但他自己也有一套說法。

「你仔細回想一下，日常生活中，最常用的東西是不是手機？我們每天會看好幾次手機，我看書和聽音樂都是用手機，很多人也是手機不離身的。手機是貴了點沒錯，但你用三百六十五天計算，一天也沒多少錢，算不上奢侈的開銷。總比買一年用不到幾次的珠寶首飾要好吧？」

好像有點道理。

原來還有這樣的觀點。

嗯？等一下，所以他認爲結婚不需要買戒指囉？

言歸正傳吧。

他的觀念跟學生時期的經歷有關。他曾去澳洲留學半年，也跑遍亞洲各地。

「我去新加坡的星巴克喝咖啡，旁邊的人都主動找我聊天。有人來跟我借無線網路，也有人問我從哪裡來。甚至還有人去上廁所，請我幫忙顧一下東西。我跟他們素昧平生，而且那是外國，不是日本。當然啦，新加坡的治安很好，日本人的風評也不錯。但我觀察了一陣子，你知道他們信任我的原因是什麼嗎？因爲我都用最新的 iPhone 和蘋果電腦。以前的人是看穿著打扮，所以會買好的鞋子、衣服和名牌包。現代人不一樣，有錢人也會穿破舊的球鞋，配上T恤、牛仔褲，反倒重視電子產品。買好的電子產品已經成爲全世界的共識，代表你跟大家有同樣的價值觀。」

他是這麼說的。

他的經驗不代表一切，但仍有一番道理。

我是用 iPhone 5s，綁D電信，兩年前換的時候還不覺得手機舊。我喜歡這款的外型，沒有任何不滿，也想過繼續用這支手機。

不過，最近聽說 iPhone 8 要發售了，我也有了不同的想法。也差不多該換 iPhone 7了吧？不然，換 iPhone 6s 也行。

我會想換新手機，一部分也是D電信害的。我打電話問客服，客服說不換手機，資費跟現在差不了多少（那位客服的態度也不是很好，可能是我運氣不佳吧）。

最近電信公司對老客户都很冷淡，這也不是新聞了。不管是大公司還是小公司，推出的方案好像巴不得客户走人一樣。

除了大公司的方案以外，最近還有超便宜手機和超便宜資費方案。

說穿了，就是挑最便宜的方案。那麼剩下的問題是，該選哪一家電信公司比較好呢？

文章打到一個段落，御廚美帆吁了一口氣。

她從頭閱讀自己打的文章。

內容不差。

可是太冗長了。這篇文章的用意，是分析哪家電信公司的方案划算。但在進入主題之前，打了太多無關的內容。而且，她自認有好好分段換行，但整篇文章看起來還是太擠了，畫面黑壓壓一片。

沒辦法，翔平的經歷實在太有趣了，難以割捨。

今天他們約會的時候，美帆說她今晚要在社群網路上聊手機的事，於是翔平很自然地談起自己的看法。

美帆跟大學時代交往的男友大樹分手後，在黑船雛子的理財講座上認識了沼田翔平，兩人常約出來碰面。翔平身材清瘦、相貌爽朗，又不會太帥，完全是美帆喜歡的類型。翔平住在赤羽一帶，美帆向他請教十条附近有沒有好的房子，一下就拉近雙方的距離。看房子是約出來碰面的好理由。現在兩人住很近，騎腳踏車五分鐘就到了。

翔平不是對理財感興趣才去聽講座，他只是喜歡參加各種講座和讀書會罷了。他總是上網找一些便宜的講座，有時間就參加，似乎是在替未來開業做準備。

美帆正在力行節儉，好在他也能體諒。平常他們多半都在家約會，這比去外面吃喝玩樂省多了。

其實，美帆要搬家的時候，翔平曾提出同居的建議。一來，美帆不知道他是認眞的還是開玩笑，二來，雙方尚未婚配，跟男人同居不回老家，實在說不過去。

翔平很健談，跟他待在家裡聊天也很有趣。美帆有在寫部落格，他常提供各種話題，頗受讀者好評。讀者都說小花的男友很有趣，對他的意見大表贊同。

因此，美帆才會打出一大堆內容，想要營造生動的對話……

問題是，內容太冗長，讀者還沒看到主題就會嫌煩了。

美帆操作滑鼠，選取一大段文章，從「順帶一提，我男友……」到「超便宜資費方案」全都刪除了。

美帆大幅刪改文章，可惜歸可惜，但也不是全都刪掉不用。這一次刪掉的部分先留下來，改天再分享。

美帆坐在電腦前面繼續打文章。

現在我們來探討一下，iPhone要怎麼買才不吃虧。

別誤會，我不是蘋果的信徒，也不是非iPhone不用的人。像我姊，她就用谷歌的安卓機（Nexus 5），綁Y電信公司，每個月不到兩千圓……（這也是不錯的選擇）。

只不過，挑iPhone來分析比較容易一點，就這麼辦吧。

先說結論。

登登。

買iPhone最便宜、最有效率的方法，就是直接去蘋果專賣店買新機，再搭配便宜的資費方案（各位不妨參照自己每個月的通話和網路使用量，挑選合適的方案，盡量找便宜的）。

各位可能會想，這算什麼眞知灼見啊？

可是，經過我多方試算，這眞的是最便宜、最有效率的方法。

目前最新的iPhone，16GB款式，含稅要價六萬六千七百四十四圓。除以二十四個月，等於每個月兩千七百八十一圓，再加上月租費。吃到飽的方案差不多三千圓，我家沒有無線網路，選的就是這個方案。還有許多更便宜的方案。

至於D電信，最新的iPhone綁兩年約，每個月要八千圓（實際還要加上通話費等費用，開銷只會多不會少）。相形之下，上一個方法省了兩千多圓。

再者，便宜的資費方案再多綁兩年約，月租費會更便宜。所以，直接去蘋果專賣店買最新的款式，用久一點，其實很划算。

另外，便宜的資費方案，綁約期限並不長，有的甚至不綁約。只用幾個月或半年、一年都沒關係，有些人只用一個月就換掉（當然要花手續費）。所以，如果有條件好的電信公司，不妨積極更換。

而且，去蘋果專賣店買空機，出國的時候，直接換上當地的ＳＩＭ卡就能用了。

……

今天是禮拜天，不，已經是禮拜一凌晨一點了，新的一週即將開始。

不過，美帆還沒上床睡覺。

她依然坐在電腦前面，拚命敲著鍵盤。

美帆去了黑船雛子的講座後，當天晚上就寫起部落格。一開始她也只是抱著玩玩的心態。

自己一個人省吃儉用，總是半途而廢，收不到成效。特別是加班晚歸的日子，總會不自覺地想花錢。下班時，順道去營業到晚上十點的高級麵包店買麵包，如果時間更晚了，就去便利商店買甜點。她是開始記帳以後，才發現自己有這種習慣。美帆本來想買記帳本來記帳，又怕自己三分鐘熱度，跟姊姊商量後，姊姊建議她寫在記事本上就好。

寫部落格當日記，讓網路上的讀者幫忙監督，或許就不會半途而廢了吧。這個想法她其實醞釀了很久。

剛好她去參加黑船女士的講座，被對方的演說感動，決定當晚付諸行動。

我去參加黑船女士的新書出版紀念講座了！

美帆很清楚自己要寫什麼，三兩下就寫出一篇文章。

「花生小姐的省錢部落格～目標是存錢買下獨棟房子收養小狗」。

她直接把目標當部落格名稱，並且用「花生小姐小花」當暱稱。

同時，她還開了一個新的推特帳號「花生小姐@另有省錢部落格」，部落格更新的時候，也會在推特上公告。

美帆很幸運，部落格開設沒幾天，就被黑船女士看到。黑船女士在自己的推特上，向好幾萬名追蹤者介紹美帆的部落格。

「前幾天，我在書店辦新書講座，這篇文章將講座的內容歸納得非常好。謝謝你，花生小姐。」

多虧黑船女士幫忙宣傳，部落格的瀏覽次數大幅成長，一下子就突破四位數，也算是一個好彩頭。

黑船女士還沒幫她宣傳的時候，她的部落格才寫三天就沒東西可寫了。她想起奶奶的教誨，奶奶說過：「如何使用三千圓，將決定你的人生。」她寫下奶奶說過的話，還有姊姊和母親買了怎樣的茶壺，以及自己一直挑不到合適茶壺的事情。這篇文章跟介紹講座的文章都有很多人看。

之後，美帆不只寫自己省錢的心得，偶爾也會提到家人省錢的做法。

她老實說出自己省錢的動機。爲了彌補小時候失去愛犬的遺憾，她想買一間獨棟房子領養小狗。有些讀者也失去過心愛的寵物，對她的動機感同身受。總之，她的部落格讀者慢慢增加了。

有天，翔平約美帆出來談事情。他們認識已經快十個月，美帆的生日也快到了。

他們並沒有眞的交換戒指或締結婚約，只有口頭說要結婚，算是彼此心中有著這項約定。

剛開始交往的時候，翔平就經常把結婚掛在嘴上。那時候他們才約會幾次，翔平就會聊到理想的家庭樣貌、未來要生幾個小孩等等。

前男友大樹一找到工作後，就完全不提那些事了。兩者形成鮮明的對比，美帆覺得新奇又開心。

美帆曾經問翔平，爲什麼一心想結婚？翔平認眞地說，他想早點定下來。

想盡快成家立業，只有兩種可能，一種是對家庭有著美好的願景，另一種是原生家庭大有問題。美帆也問過翔平，他的動機是哪一種？

「我也說不上來。」

「爲什麼？」

「呃，也不是家庭有什麼問題，該怎麼說呢……」

翔平遙望遠方，陷入了沉思。

「……就有點捉摸不定吧。」

「捉摸不定？」

「嗯，也不是說有什麼問題，但就是捉摸不定，不知該怎麼形容。其實，我也是現在才有這種想法，以前根本沒發覺。」

「你父母是怎樣的人？」

「他們很溫柔，沒有暴力或虐待的問題。但你問我他們是怎樣的人，我也說不上來，因爲我們幾乎不曾談過嚴肅的話題。我念高中的時候，我爸就丟了工作，詳情我也不清楚。我高中畢業，想念美術大學，他們既不贊成也不反對。我問我媽，念美術大學眞的沒關係嗎？學費很貴喔。我媽只笑著說，別聊這麼燒腦的事情。那是她的口頭禪：別聊這麼燒腦的事情。」

一個母親居然會講「燒腦」這種話，美帆很驚訝，代表他們親子關係跟朋友差不多吧？美帆的母親偶爾也會開玩笑，講年輕人的用語。

翔平的老家在埼玉縣的交界處，位在十条的東邊。他一直住在老家，直到當實習生，才搬到赤羽。

翔平動輒表明結婚的意願，美帆也沒有不願意。畢竟她很喜歡翔平，而且每次見面，情意就更深厚。

不曉得翔平約她出來要聊什麼？是要商量去哪裡慶生嗎？兩人約好一早在十条車站前的速食店碰面。

他們剛認識的時候，翔平還只是菜鳥實習生，比較有時間約出來碰面，現在平日根本沒時間碰面。美帆的工作是彈性上下班，但早上十點前一定要進公司。至於翔平的公司，多半是中午前開工，然後一直忙到深夜。平日要見面，只好約吃早餐。點一些便宜、營養的早餐，邊吃邊聊。

「本來想約週末的，但這種事情還是早點講清楚比較好。」月底接近截稿期限，翔平忙到兩眼紅通通的。

「怎麼了？不能用ＬＩＮＥ講嗎？」

「這很重要，要見面談才行。」

「什麼事這麼重要啊？」

「前天，我接到一通陌生來電。」

「陌生來電？」

「對方說我就學貸款沒有按時還。」

「咦？你有辦就學貸款？」

美帆是頭一次聽說。

「沒有，我不知道這件事。是我父母辦的，文件也是他們簽的。」

美帆沉默了。

「我打電話跟父母確認，他們說確實有借這筆錢來付我的學費。我畢業前，他們多少有還一點，現在我開始工作了，他們就要我自己還。」

美帆腦海中浮現一個疑問。

「怪了？我記得你說過，你以前打工，會拿錢回家，充當自己的學費和生活費，對吧？你還說過，留學的費用也是你自己打工賺的。」

當初聽到這件事，美帆認為翔平是認真的好青年。

「是啊，我每個月給家裡五萬圓。但我父母說，那點錢不夠補貼學費、生活費、房租。你也知道嘛，美術大學的學費很貴。」

翔平的父母言之有理，但美帆還是難以諒解。

「就學貸款總共有多少？」

美帆不希望把事情想得太嚴重，盡可能以平靜的口吻探問，但她發現自己的聲音在顫抖。

「幾乎是全額貸款，每個月十二萬圓。」

「咦？……十二萬圓？」

「在學期間不計息，畢業後利息三％……不算利息的話，總額五百七十六萬圓。

我父母還了一些，目前剩下五百五十萬圓。當然，我也不可能一次還完，只能慢慢還。」

美帆大受衝擊，差點忘了呼吸。

「對不起，突然跟你講這些。」

美帆無言以對，翔平低頭道歉。看翔平愧疚的模樣，美帆找回了一絲感情。

「這又不是你的錯……」

可是，真要追究是誰的錯，她又難以釋懷。

「這筆錢一定要由你來還嗎？」

「嗯？」

翔平以毫無心機的眼神看著美帆。

「文件不是你簽的，對吧？你也不知道自己有辦就學貸款，等於無故背了一身債吧？」

「是沒錯，我也這樣想過。」

翔平老實承認。

「我完全不知道這件事，文件也是我父母簽的，走法律途徑的話，也不是沒辦法解決這個問題啦。但這筆錢確實是用在我身上，我嚮往美術大學，父母也讓我念了，這是千眞萬確的事實。不然我也進不了設計公司啊。」

翔平說的也沒錯。但他工作忙碌，薪水倒是不怎麼樣。

「所以，我總不能裝死，把這筆債留給我父母。要是他們到死都沒還完，到時候也是我要還啊。」

「不過，就學貸款十二萬圓，加上你每個月給家裡五萬圓，十七乘以十二，一年超過兩百萬圓耶。美術大學的學費這麼貴喔？」

「學費大約是一百五十萬圓，但還有伙食費、房租之類的啊。」

孩子求學期間，這些費用由家長負擔不爲過吧？

然而，美帆沒有說出心中的疑問。

「這件事我也是剛知道，心情還沒調適過來，也不曉得該怎麼講才好。」

對啊，最驚訝的莫過於翔平自己吧。

美帆想起翔平說過，他的父母給人一種捉摸不定的感覺。美帆並不了解他的父母，對美帆來說，父母應該是包容孩子、保護孩子的存在。美帆也會和家人吵架，父親不善表達的個性，美帆也多有怨言，但她的家人從沒讓她如此不安。

如果孩子受虐，那就是父母不對。偏偏現在的情況，讓她根本無從判斷對錯。

美帆試著想像翔平的父母。她見過不少朋友的父母，但翔平的父母就像一張白紙，跟任何的父母都不一樣。美帆無法想像他們的臉孔，她只想到一張純白的臉孔，配上笑嘻嘻的嘴巴。

去找姊姊商量吧，姊姊很懂財務啊。

想到最後，美帆發現自己還是想找家人出主意。

「這可難辦了。」

母親智子眉頭深鎖，默不作聲。

美帆、智子、眞帆，還有奶奶琴子，都聚在御廚家的客廳。奶奶平常還會幫忙緩和氣氛，現在奶奶也不講話了。

前幾天，美帆打電話給姊姊，談起男友就學貸款的事。姊姊說事關重大，這件事她不敢一個人出主意，建議美帆跟爸媽商量一下。正好太陽禮拜五晚上要值夜班，她打算帶佐帆回老家吃飯。那天父親有應酬，但晚上十點前會回家，姊姊便要美帆一起回老家一趟。

不過，跟自己的家人談論金錢和男友，未免太沉重了。於是，美帆決定找奶奶一起來。近來母親變得很情緒化（母親說是更年期的關係），有奶奶在，多少會克制一點吧。

「他有決定要怎麼還債了嗎？」

姊姊開口緩頰，但問的問題依舊銳利。

「不是債，是就學貸款。」

「還不是一樣。」

「不一樣啦……他跟對方談過，每個月還三萬圓左右。」

「不要只講大概，到底是還多少？」

姊姊從包包裡拿出手機，開啓計算機功能。美帆也打開自己的手機，確認翔平告訴她的數字。

「每個月還三萬零五百圓。」

貸款總額五百五十萬圓，利息三％，每個月還三萬零五百圓……姊姊自言自語，操作著手機。

「……二十年，要二十年才還得完。」

「要這麼久喔？」

「光是利息就要一百八十二萬七百九十五圓！雖然只借五百五十萬圓，但實際要償還七百三十二萬七百九十五圓。」

「每個月還三萬圓，連續還二十年，這筆錢可不少……」

母親聽了差點喘不過氣，好不容易才講出這句話。

這些事美帆都明白，她比誰都明白。

她前陣子開始力行節儉，不但搬回十条，降低房租、手機費、保險費等固定開銷，還自己做便當帶去公司。做了這麼多努力，每個月總算存到快四萬圓。

因此，她知道每個月還三萬圓有多沉重。

「我反對你們結婚。」

母親抬起頭，斬釘截鐵地說出結論。

「咦？」

家人一定會有意見，這點美帆也做好了心理準備，只是沒料到母親會反對他們結婚。

美帆一直是家中的乖寶寶，高中念的是學區最好的學校，大學也考上第一志願。

父母幾乎沒凶過她，也沒反對過她做的決定。

「雖然沒見過面，不曉得他是怎樣的人。」

美帆要母親先見男友一面，不要妄下定論。母親搖搖頭。

「畢竟是你選的對象，我想他一定是個好人吧。所以我也沒叫你分手。不過，你不要先想著結婚，再多交往一段時間看看吧。」

話說得婉轉，但終究是強烈的反對。

「可是，辦就學貸款又不是他的錯，他自己也不知道啊。」

「你也不用急著求一個結論。你母親說的也沒錯，再多考慮一下吧。美帆，你也不是現在馬上就要結婚吧？」

奶奶總算開口了。

「先靜觀其變吧。你先帶他來讓我看看，如何？先了解一下他的人品也好嘛。」

「奶奶，謝謝你願意見他一面。等你見過他，就會知道他人眞的很好，也很聰明。」

「媽，不好意思，這件事請你不要過問。」

母親難得反駁奶奶，口吻不算冷淡，但態度有些強硬。

「智子啊。」

「媽，你跟對方見面，對方會以爲我們家贊成他們交往。我不想造成誤會，因爲我根本不贊成他們在一起。」

在美帆的記憶中，這是母親頭一次堅決反駁奶奶的意思。她也再一次體認到，背負五百五十萬圓的債務，是多麼嚴重的一件事。

「我本來不想講到這個地步。」

母親嘆了口氣，接著說道。

「媽，爲了讓你們聽懂，我就講清楚了。我反對他們交往，不光是錢的問題，一旦美帆跟對方結婚，等於跟對方父母也成爲親子關係。對方人品如何，這姑且不論，但他的父母大有問題吧？不然怎麼會瞞著兒子辦一大筆就學貸款，而且等到要算利息了，就把債務推給兒子？」

「可是，美帆是跟那個人結婚，又不是跟他父母結婚。」

姊姊幫忙緩頰，被母親瞪了一眼。

「婚姻生活很長久，未來會發生什麼事，沒人說得準。只看對方人品，不顧慮對方的家世，未免太天眞了。日本社會還沒有分得這麼清楚。眞帆，你都結婚了，這你應該明白才對。」

「這……也是啦。」

這時門鈴響了，是父親回來了。母親起身走向玄關。

「其實以前的人結婚，有這點債務也不稀奇。」

奶奶望向玄關，自言自語。

「打起精神吧。」

姊姊拍拍美帆的背。

「像我朋友，被她的準公婆投保了一億圓的高額保險呢。」

美帆心想，也許自己看起來非常失落，姊姊才會搬出朋友的例子來安慰她吧。

「後來怎麼樣了？」

「她跟男方談了很多，談不出共識，便取消婚約。」

搞什麼嘛？這根本不能當參考，也算不上安慰啊。

「我回來了。」

父親來到客廳，和美帆對望一眼。顯然，從玄關到客廳的這段距離，母親已經跟他說了大概。父親的表情就跟平常一個樣，沒什麼變化。

「歡迎回來。」

三人異口同聲。

母親依舊板著臉孔。

「我先去換衣服。」

語畢，父親走進寢室。

「美帆，跟你爸說清楚。」

「我知道。」

母親把晚飯擺在餐桌上，父親換上寬鬆的休閒服現身了。美帆趁父親吃飯的時候，迅速說明了前因後果，姊姊和奶奶待在客廳觀望。

「……這件事我不好表示意見。」

「咦？」

最先有反應的是母親。

「那是你喜歡的人，爸爸我沒法反對。跟你媽好好商量吧。」

父親一副雲淡風輕的樣子，手中筷子也沒停下來。

「你這個人，眞的是……」

母親落寞地低下頭。

「就只會裝模作樣，逃避問題！」

「媽，爸不是那個意思啦。」

「每次都叫我當壞人。反正不管你爸怎麼講，我都反對啦。」

母親起身走進房間，用力摔上房門。父親張嘴愣住，眼睜睜看著母親走人。

爸，與其擺出這種表情，爲什麼不好好說出自己的想法呢？

「怎麼辦啊？」

美帆心浮氣躁，也沒餘力顧及父母的問題。她看了姊姊和奶奶一眼。

「還是跟你爸媽好好談一談吧。」

奶奶懇切叮嚀美帆。

「當父母的肯定會擔心啊。而且，七百萬圓也不是小數目。」

「是五百五十萬圓。」

「加上利息就超過七百萬圓了，不是嗎？」

「是沒錯啦。」

奶奶望向自己的兒子。

「你也跟智子聊一下。」

父親點頭稱是，繼續吃飯。

美帆望向姊姊，姊姊聳肩表示無解。她似乎不想干預這件事，要美帆自己做決定。

十条是一個毫不矯揉造作的地方，而翔平的故鄉更是有過之而無不及。

美帆對男友的故鄉並非全無認知，最近深夜節目報導過很多次，美帆也看過。街上一堆不打烊的居酒屋，車站後方還有尋歡作樂的地方，儼然是座不夜城。

美帆也想去見識一下，她在雜誌上看過，那裡有很多便宜的酒館，只要花上一千圓就能喝得酩酊大醉。不過，去論及婚嫁的男友家裡，那就另當別論了。

美帆緊張地走出車站。

翔平一家住木造平房，從車站走路大約十分鐘。穿越滿是酒館的商店街，會看到整條路上都是木造平房和公寓。翔平排行老三，上面有兩個哥哥，房子是租的，並非自家持有。

「加奈子，我回來囉。」

翔平在家門前大喊。砰砰砰，美帆被粗魯的敲門聲嚇著了。

「加奈子是誰啊？」

「我媽。」

話一說完，剛好有人來應門。

一個中年婦女抱著小狗，對他們笑咪咪的。

「歡迎回來啊。」

「我回來了，還帶了朋友。」

翔平的母親端詳了美帆一會。

「朋友？是女朋友吧。」

加奈子身穿粉紅色毛衣和牛仔褲，打扮得像二十多歲的年輕人，染成茶色的頭髮也很適合她。

「啊，初次見面，請多指教。我叫御廚美帆。」

美帆深深一鞠躬。

「翔平跟我提過你。家裡亂糟糟的，請進吧。」

想不到翔平的母親如此正常又親切，美帆總算放了一點心。

通往客廳的走廊上，堆滿了雜誌和收納箱。

「我都說要帶客人回來了，你好歹也整理一下嘛。」

翔平對著母親的背影抱怨。

「我來不及整理嘛。」

「啊，讓你們費心了，不好意思。」

前幾天，美帆和翔平再次談起就學貸款的問題。美帆旁敲側擊，想知道翔平的父母是怎樣的人。翔平也很乾脆，直接邀美帆一起回家。美帆對就學貸款一事的確心存芥蒂，也想了解一下對方父母是怎樣的人。

「沒關係啦。就算翔平提前講，我們家也是這副德性。」

加奈子說出自相矛盾的話來，還哈哈笑了幾聲。

客廳約莫四坪大，擺了兩張大沙發和一張桌子，還放了兩台電視。每一樣都是大型家具，所以空間有點擠。翔平的哥哥（應該是哥哥吧）用其中一台電視打電動，父親用另一台電視看高爾夫球轉播。兩人身材都有點胖，長得也挺像，或許翔平遺傳到母親吧。

翔平的大哥在附近的工程公司上班，一直住在家裡。二哥結婚後就很少回家了。

兩張沙發都有人坐，美帆只好站在一旁。

「拜託，你們兩個讓一讓好嗎！翔平的女朋友沒地方坐啦。」

翔平的母親罵人了。

父親乖乖起身讓位，坐到打電動的兒子身旁。父子二人幾乎沒瞧美帆一眼。美帆想做自我介紹，至少報一下自己的名字，卻始終找不到適當的時機。

「隨便坐，別客氣。」

加奈子請美帆就座。美帆坐在空出來的沙發上，沙發還留有前一個人的餘溫，坐起來怪不自在的。

加奈子端了三杯茶出來，分別給她自己、美帆和翔平。美帆道謝後，喝了一口，但翔平的父親和大哥沒有茶喝，她也不好意思再喝下去。

大家無話可聊，就一起看電視。

「打高爾夫嗎？」

翔平的父親轉過頭來，問了一句。

「您問我嗎？」

問題來得太突然，美帆指著自己，確認對方是不是在問她。

「對。」

「啊，我沒有，但我爸有……」

「是喔。」

沉默再次降臨。

「那伯父您打高爾夫嗎？」

美帆受不了沉默，也提了一個問題。

「你問我？」

這次換翔平的父親反問。

「啊，對。」

「沒有。」

他也乾笑幾聲。

「榮太的興趣是摩托車。」

翔平說出父親的興趣。

「摩托車？」

「對啊，榮太喜歡騎摩托車。」

翔平的母親幫忙補充。美帆這才聽出來，原來他們一家人都是直呼父母名諱。平常翔平提起父母的時候，也都是稱呼爸媽，所以美帆一時反應不過來。

「啊，是這樣啊……您常騎摩托車嗎？」

「也沒有啦，你看他都發福了，所以不太常騎。加上年紀也大了，騎沒兩下就喊累。他之前還買了一台新車，貸款兩百萬圓耶。又沒騎幾次，眞浪費。」

奇怪的是，除了美帆以外，其他人聽到都笑了。

「這樣不太好吧。」

翔平笑著勸戒父親。

「別聊這麼燒腦的事情啦。」

翔平說過這是母親的口頭禪。

快到晚餐時間，翔平起身說要帶美帆去吃飯。

「啊，這樣喔。」

家人也沒留他，只有加奈子出來送行。翔平的大哥一直在打電動，跟美帆完全沒互動。

「我問你喔。」

美帆和翔平一起走向車站，她怯生生地問道。

「怎麼了？」

「我有什麼奇怪的地方嗎？」

「什麼奇怪的地方？」

「我是不是做了什麼不得體的事啊？」

「啥？」

美帆觀察翔平的表情，翔平眞的聽不懂她在說什麼。最後美帆也不再多問。

或許，他們一家人就是那樣吧。

兒子的女友來家裡作客，只端一杯茶出來，沒有招呼，沒有對話，沒有自我介紹，也沒有一起吃晚餐。他們不是討厭美帆，也沒有惡劣的觀感。想必，負債對他們來說也不是太嚴重的事吧。

現在她終於明白，爲何翔平無法放棄家人。因爲他們人並不壞，只是不夠成熟罷了。

但要不是生長在那樣的家庭，翔平也不會有優異的美術才華吧。

美帆和翔平到車站前的居酒屋吃飯（兩個人的開銷眞的不到三千圓），吃飽喝足後就回十条了。

美帆回到家裡，獨自思考到底該怎麼做。

今後，她又要何去何從呢？

今天我沒有要寫自己的生活經歷或感悟。今天的內容比較接近諮詢吧，我想跟大家請教一件事情。

假如你論及婚嫁的對象，告訴你一些很驚人的事情，你會怎麼做？

這些事情會影響彼此的關係，妨礙未來的戀情和婚姻。

而且，錯不在對方，是對方的家人有問題。

你的父母也知道這件事，並強烈反對你們交往。

買下獨棟房子，領養小狗，既是我的目標，也是我寫這個部落格的宗旨。但如果我跟他結婚，這一切可能會流於空談。這件事就是這麼嚴重。

請問你們會怎麼處理呢？

街繪小姐跟以前一樣，仍是一身茶色（茶色的毛衣、茶色的長裙）來到阿佐谷車站。美帆有一種好懷念的心情，久久難以平復。

「好久不見了，想不到你會約我出來，我好高興。」

街繪小姐似乎真的很開心，只差沒牽起美帆的手了。

「對不起啊，美帆，讓你特地來阿佐谷車站。我母親身體不好，我沒辦法離開太久。而且，我家現在的狀況，也不適合招待客人。」

「令堂身體不好嗎？」

「可能是搬家的關係吧，去年底心臟出了問題。你不用擔心，她在家裡靜靜休養就沒事了。」

兩人走進車站前的咖啡店，街繪小姐談起了近況。

大約一個禮拜前，兩人互通電子郵件，美帆才得知街繪小姐和母親已經搬離了那座大宅院，目前在車站前租了一間公寓。

「那麼，那棟房子……」

「賣掉了。」

「是喔。」

「別擔心，賣掉也是好事。」

據說，附近的不動產業者一直想跟她們收購那片土地。

「到時候老家拆掉，會蓋一棟小公寓。我們會分到一間公寓，現在只是暫時找個棲身之處。」

街繪小姐瘦了一點，但氣色和表情比以前更開朗了。髮型好像也不太一樣，瀏海不再蓋住額頭。

「母親一開始很猶豫，畢竟那棟房子有許多回憶。但我離職，反而促成她下定決心。」

街繪小姐沒說賣價，美帆猜想肯定賺了不少吧。

「現在租的公寓就在車站旁邊，其實我挺中意的。當然空間比以前小多了，但很溫暖，浴室也很漂亮。外出時鎖個門就好，眞的很方便。母親還說，早知道這麼方便，就應該快點搬家才對。」

「原來是這樣……那街繪小姐現在的工作是？」

「我在學習當看護，沒什麼特別的。母親年紀大了，我想那些技能早晚用得到。況且，依我的年紀，能挑的工作也不多。」

「別這麼說，看護是很了不起的工作啊。」

「等母親身體好一點，我打算去安養機構，先找份兼差來做。情況許可的話，就考個行政書士的資格，日後擔任失能老人的權益監護人。再多考一個照顧管理專員的資格，未來就不愁沒工作了。」

聽了街繪小姐的話，美帆終於想通了。

街繪小姐找到了人生目標，所以表情比以前更開朗。並不是賣土地賺大錢，或是搬到新家的關係。

「美帆，你呢？你是不是有話要跟我說？」

「其實呢。」

美帆很猶豫該從何說起。

「其實，我有一個交往的對象。」

「喔。」

「他說要跟我結婚，可是……」

美帆講起男友辦就學貸款的事，街繪小姐聽得很認真。

「的確，五百五十萬圓不是小數目。」

街繪小姐沉默了一會。

每個人聽到這數目都是同樣的反應。就算一開始認爲就學貸款沒什麼，但聽到總額五百五十萬圓就不發一語了。

「不過啊，辭掉工作後，我有一個感悟。」

街繪小姐抬起頭說。

「人生啊，有些事永遠不嫌晚。我本來以爲，自己在同一家公司待了二十多年，失去那份工作，人生肯定完蛋，但事實證明不是如此。」

「這樣啊。」

「現在這個時代，已經沒有穩定這回事了。」

「是嗎？」

「我想，每個人都必須做好準備，隨時面對全新的挑戰吧。不管身上有沒有債務都一樣。」

以前的街繪小姐溫柔又善良，現在的街繪小姐感覺更加大器了。

今天，我跟離職的前輩約出來見面。

之前出了很多事情，她辭掉工作後，正在學習當看護。

同時也在準備行政書士的資格考，未來也打算當照顧管理專員。

按照她的說法，現在沒有相關技能也沒關係，只要開始學習，去安養機構累積經驗（聽說這樣比較好找到工作），日後考到行政書士和照顧管理專員，未來就不愁沒工作了。

聽了她的一席話，帶給我很大的鼓舞。

原來，失去一切，還是能從頭來過。

男友的事情讓我有些失落，但聽了前輩的經驗之後，我也稍微放寬心了。

我很喜歡現在的工作，能學到很多，跟同事處得也不錯。

至於這個部落格，我也會持續努力更新。

因此，今天我要說出所有心裡話。

事實上，我前陣子才知道男友有一筆五百五十萬圓的債務。

全都是就學貸款，他自己也不知道有這筆債務，是他父母擅自去辦的。

如果我們結婚，每個月得還三萬多圓，要還二十年。

這筆債兩個人努力還，應該也還得完。可是，這代表我必須放棄那三萬圓，放棄用那筆錢做其他事情。二十年後，我也四十好幾了，全部還完也才重新站上起跑點。我很喜歡他，可是一想到這件事，還是會害怕。

說眞的，我也不曉得該怎麼辦才好。當然了，婚後我想生小孩，也想買房子。難不成我的人生，連這點小小的夢想都無法實現嗎？

隔天，美帆接到翔平的來電，聲音聽起來很疲倦。

「我看了。」

不是視訊電話，只聽得到聲音，雙方沉默良久。

「對不起。」

美帆反射性道歉，她也不知道自己爲何道歉。

「不會，就學貸款的事情，你會有這種反應也是正常，我自己就受到不小的打擊，你的不安我能理解。」

「嗯。」

「能知道你眞正的想法，也是好事。」

「嗯。」

「不過，我也有點難過。」

美帆聽到故作堅強的笑聲。

「我本來還期待，也許你不會這麼在意。」

「期待？什麼意思？」

「我只是在想，你會不會鼓勵我，願意跟我一起面對。」

「我也以爲你不是很在意這件事。」

「什麼事？」

「你的債務，啊，說錯了，是就學貸款。」

「我在意啊，怎麼可能不在意。」

「是嗎？我看不出來。」

「看不出來？」

美帆猶豫了，但現在必須說清楚才行。

「你帶我回去見父母，也完全沒提到就學貸款的事情，對吧。當然我也說不出口……但我本來還在想，你回家會提起這件事，向你父母打聽他們眞正的想法和用意。」

「不是，那天你也看到了，他們就是那樣的人。」

「是啊，你父親還貸款買摩托車，看得出來他們對這種事不太在意。」

美帆也不好意思再批判對方的父母。

「所以，我是眞的看不到未來。」

「關於這點，我打算日後跟他們好好商量。」

「……有用嗎？」

「嗯？」

「這種事商量有用嗎？終究有人要付這筆錢吧。依我看，你父母也不太可能給我一個滿意的說法。」

「這……確實不太可能。」

「對吧。」

不必問翔平，美帆也知道那些債務必須由他們小倆口來還。

「所以，我們要做的不是商量，更不用期待他人。我們必須思考彼此能接受的處理方式。既然情況不會改變，只好找自己能接受的方式了。」

是啊，最後還是看自己，願不願意在人生中加上一條五百五十萬圓的債務。

「美帆，你說的這些我似懂非懂耶。」

「是嗎？」

「是不是，我們應該分開一段時間，各自思考一下？」

美帆很錯愕，但也沒有拒絕這個提議，因爲她心裡也有同樣的想法。

「看了你的部落格，我終於明白，這個問題不該推給你，也不能牽連到你。我暫時不會主動聯絡，你想聯絡的話，隨時傳LINE給我。」

美帆想跟翔平說，她不介意被牽連。但這似乎又違背她眞正的心思，所以還是選擇沉默。

「那，美帆，你好好照顧自己。」

翔平的語氣很溫柔。美帆怕他忙壞身子，也想表示關心，可是還來不及開口，電話就掛斷了。

今天的部落格，我奶奶會來客串一下。

重陽節也快到了嘛。

之前我也寫過一些奶奶的事情。

收到不少迴響，大家都說奶奶很有趣、很鼓舞人心。

所以啊，我就去問奶奶，如果她有部落格，會想寫什麼？

沒想到她舉的話題都好有趣喔。

例如，她七十三歲還想找工作的理由，還有超簡單的醬菜做法，以及她從曾祖母那裡聽來二二六事件那天發生的事。

今天，我要介紹奶奶最擅長的園藝，我想這應該也是大家比較感興趣的話題。

標題是〈百圓園藝講座〉。

× × ×

有些人可能希望家中多點綠意，應該很多人都這麼想吧，可是，卻不知道該如何下手，連觀葉植物都養不活。

於是，我想到一個問題，獨居女子適合種什麼樣的植物呢？最好是簡單又漂亮，而且有實際的經濟效益。

請各位先去百圓商店吧。

去買最大的塑膠花盆和培養土。花盆大一點比較好，什麼形狀都無所謂，買那種長方形的也可以。

買好花盆以後，倒進培養土。花盆底部有個洞，記得先鋪上盆底網，不然拿裝橘子的網袋來用也可以。

接著去超市，購買青蔥、鴨兒芹，喜歡香菜的就買香菜，全看個人喜好。不過有一點請牢記，一定要買有根部的蔬菜。

我個人推薦辛香料蔬菜，因爲只要一點點就有調味的效果，獨居或是家中人口少，買了反而吃不完。自己種的話，比較好拿捏用量，非常方便。

買回來以後，切掉底部五公分（上面的菜葉拿來做菜。沒用完的就切成末，冰在冷凍庫）。

再來，把根部泡在裝水的杯子裡一到兩天，讓根部吸水，再種到花盆裡。沒有鏟子也沒關係，用免洗筷挖開一個洞，插進去就好。

種的時候用點巧思，花盆後方種青蔥，前面種鴨兒芹和香菜。比較常用紫蘇或香芹的朋友，不妨去園藝店買苗回來種（同樣是一百圓左右）。這些平常吃不完的辛香料蔬菜，長到一定的高度，看起來就很像混栽的綠色盆栽喔。

記得多澆水，要多到底部會流水出來。

差不多一個月就能收成了。每次剪一點來用，很快又會長出新的芽。

部落格還貼了奶奶的辛香料蔬菜混栽照片。

看起來就是一個漂亮的盆栽，眞的跟奶奶說的一樣。後方是長長的青蔥，前面則是小巧繁茂的鴨兒芹和香菜，非常好看。

「寫這種東西大家會想看嗎？」

奶奶琴子憂心地看著美帆的電腦螢幕。

「這種稀鬆平常的東西，大家都會做吧？」

「沒有喔。」

美帆重新編輯文章，琴子拿出漂亮的茶壺，沏了一壺芬芳的紅茶。

「奶奶，這紅茶好好喝喔。」

「是大吉嶺紅茶，當然好喝啊。我都去專賣店買一點回來泡，還特地用茶匙計算用量，水煮開了以後，茶壺還會套上保溫套呢。」

茶壺旁邊，放了奶奶自己做的保溫套。絎縫布料製成的保溫套，裡頭夾棉花，樣子很蓬鬆。

「你之前放假，不是都會去找男朋友？發生什麼事了嗎？」

美帆和奶奶說過她在寫部落格，部落格網址也輸入奶奶的手機，奶奶偶爾會上去看一下。

「呃。」

「是錢的問題？」

「……我把就學貸款的事寫出來，得到蠻多回應的。」

豈止是蠻多回應，簡直多到炸了。

文章貼出來沒兩天，就有部落客轉貼那篇文章。那名部落客出過書，在網路上享譽盛名。

論及婚嫁的男友欠下大筆就學貸款，雖然很想替這位女網友加油，但五百五十萬圓確實不是小數目。政府應該正視這種制度上的問題。

知名部落客發了這一則短文，下方還附上美帆的部落格連結。

這樣的宣傳引來更多部落客轉貼，也有人發表自己的意見。美帆的部落格瀏覽次數增長到五位數，收到的評語也比平常多出好幾倍。

可是，當中也不乏惡意的評語。

有些人替她加油，對她的處境感同身受。但也有人罵她沒資格結婚，搞錯婚姻的前提。那些人說，如果這麼看重金錢，直接挑金龜婿不就得了？把自己男友欠債的事放到網路上公審，是何居心？還有人講得很難聽，說有債不還，跟小偷沒兩樣。

美帆非常失落，甚至有點恐懼。因爲某些人的留言，根本是故意斷章取義。要對大衆表明自己的心思，還眞不是一件容易的事。

美帆立刻回文，感謝大家提供意見，並表示自己會先沉澱一段時間。之後也沒再提起就學貸款的事情。

然而，她還是想繼續寫部落格。畢竟她都這麼說了，還請奶奶登場。

「你現在應該處理更重要的事情，而不是寫部落格吧？」

「什麼事情？」

「翔平的事，跟你爸媽好好談過了嗎？」

「沒有，但我去見過翔平的家人了。」

美帆把上次去男友家拜訪的情況都說了。

雙方的原生家庭南轅北轍，帶給美帆很大的震撼。此外，對方家裡似乎還有其他債務，對債務的看法也異於常人。雖然他們人並不壞……這些美帆都說了。

「原來是這樣啊。」

「奶奶，你怎麼看？換作是你，會怎麼做？」

「這很難說耶。」

奶奶也不好開口。

「你之前不是說，在你們那個年代，有這點債務沒什麼大不了？」

「是沒錯，但那時候物價也不一樣。過去物價上漲，薪水也跟著漲，所以努力工作都還得起。過了十年，債務也形同縮水。但現在就難說了，最近景氣是有好轉，但萬一再碰上不景氣，通貨緊縮，那筆債務會比帳面上看到的更加沉重。」

「拜託，不要一直嚇唬我啦。」

奶奶搖搖頭。

「我沒那個意思。況且，眞帆說的也沒錯，結婚是當事人之間的事情，你們審慎面對，當然沒問題。好男人可是很難找的。」

「翔平算是好男人嗎？」

「他有一份正當差事，又不會動手打人，也沒有酗酒、賭博之類的惡習，已經很好了吧。」

祖母談起了他的忘年之交，安生和希成的故事。安生沒有穩定工作，希成則是自由寫手。聽說，他們最近同居了。

「安生收入不高，但希成還是想跟他在一起。」

「那個安生到底哪裡好啊？」

「結婚生子是一輩子的事。找到合適的對象，比錢更重要吧。至少希成是這麼想的。」

「……是喔。」

「說穿了，這件事也是看你的意思。人生是自己的。我和你爸媽付出再多的心力，也沒辦法替你過你的人生。」

這些話像在安慰美帆，但美帆聽了只覺得恐怖。

過了一個月，許久沒有聯絡的翔平，寄來一封電子郵件。

「這次很榮幸有機會替歐洲古典樂團Favorite製作海報。進入公司這麼久，主要都是當助手，這是我第一次負責案子。下個月開始，海報會張貼在JR的各個主要車站，附近有音樂廳的上野車站、六本木車站、澀谷車站都看得到。各位如果有時間的話，不妨佇足欣賞一下我本人沼田翔平製作的海報……」

這是群發郵件，不只寄給美帆一個人。

美帆已經好幾個禮拜沒跟翔平聯絡了，打開信箱，看到他的來信時，一顆心無比雀躍。當她發現那是群發郵件，情緒又轉爲失落。

美帆馬上想到奶奶，便打了通電話。

「奶奶，你之前不是說想見翔平嗎？要不要一起去看他設計的海報？」

美帆也沒看過男友設計的海報。她只看過男友的畢業作品，可以想像，那一定是很棒的海報。

「……我是很高興你邀請我啦，但你應該找你爸媽一起去才對。」

「他們都否定我男友了，怎麼可能一起去啊？」

「別這樣想。自己的寶貝女兒交男朋友，他們一定也想多了解對方。假如你媽眞的不肯，我再陪你一起去。」

「可是……」

「總是一家人啊。」

上次母親反對他們的婚事以後，美帆就沒跟母親聯絡過了。現在還是有些尷尬，因此美帆只傳了一則簡訊。

「下個月，翔平設計的海報會張貼在各大車站。你們要跟我一起去看嗎？」

過了一天母親都沒回信，就在美帆快要放棄的時候，終於收到回信。

「知道了，我陪你去。」

美帆和母親約好，等她下班，在澀谷碰頭。

那天早上出門時，十条到新宿這段路上，美帆都沒看到海報。

下班後，美凡前往澀谷車站的忠犬八公銅像前，她和母親約在那碰面。只見母親神情緊繃，穿著西裝的父親也在一旁。父親手上還提著公事包，大概也是剛下班。

「爸，你也來了？」

「我跟你爸說了，他也想看看。」

美帆望向父親，父親點了點頭。

「……這很重要。」

「咦？」

「這是女兒的大事。」

美帆沉默以對，不曉得該做何答覆。反倒是母親先開口，說要去找海報。

一行人在車站內走來走去，尋找海報張貼的地點。

「媽，你走路不要緊吧？」

母親一個月前才動手術，美帆關心母親的身體，母親總算露出了一絲笑容。

「走路已經不要緊了。醫生說偶爾要走一走，動刀的地方才不會沾黏。」

「最近假日我們會一起去散步。」

父親也插話。

「是喔。」

以前美帆還住在家裡時，父母從來沒有一起去散步。現在家中只剩下兩老，生活方式也改變了吧。

「沒想到你爸還蠻喜歡散步的，可能平常有打高爾夫運動，走起路來健步如飛呢。」

母親的表情有些靦腆，不曉得是不是錯覺。

三人在車站內找了半天，還走到東急百貨一帶，依然沒看到翔平設計的海報。只要一看到音樂海報，美帆就先跑去確認，父親和母親再慢慢跟上。

美帆有一種重溫童年時光的感動。

美帆在家中排行老二，因爲還有一個姊姊，像這樣三個人一起出門的機會並不多。只有她大學畢業典禮那天，是三個人一起去的。

不對，還有一次也是三個人。

那是她小學二年級的運動會，姊姊因爲感冒請假休息。父母把姊姊帶去給奶奶照顧後，就一起來參加她的運動會。放學後，美帆牽著父母的手走在回家路上。

那天，美帆很掛念生病的姊姊，但是，有機會獨占父母，她非常高興。父母牽著她的手，她開心地蹦蹦跳跳，好幾次差點摔跤。美帆和姊姊感情很好，只是，她更想得到父母的關注。想起那段回憶，美帆覺得小時候的自己好可愛。

轉念及此，美帆想起了另一件事。雖然父親平時都把家事交給母親打理，但小孩的活動不曾缺席。

「好像沒有呢。」

找遍了每個角落，就是沒看到翔平設計的海報。

「這邊都沒有，應該在地下樓層吧。」

父親以低沉的嗓音說出推測。

「地下鐵啊……」

「其他月台等我們要回十条時再去就好，先去地下鐵看看吧。」

美帆不太想去地下鐵。

平常沒在澀谷車站搭車的美帆也很清楚，這裡的地下鐵樓梯很長，空間又大又複雜。尤其傍晚六點過後，人潮擁擠，光是擠過人群，就得耗費不少體力。

「媽，你沒關係嗎？還能走嗎？」

「這點路程不算什麼啦。」

看到女兒擔心的表情，母親露出了開朗的笑容。

「先去出口樓層看看。」

父親難得以堅定的語氣表示意見。

「嗯。」

果然是父母啊。

看著父母走下階梯的背影，美帆已經很滿足了，有沒有找到海報不重要了。

父母明明很反對他們交往，現在卻拚命地尋找海報。

出口樓層和地下商店街也沒有張貼海報。

「只好買票去月台了。」

父親嘀咕道。

「不用找了，沒關係啦。我改天去其他車站找找，等我找到再聯絡你們。」

「不，既然都來了，我也想見識一下。去地下鐵找找吧，沒有就算了。」

父親先去排隊買票。

「你爸啊，好像被你奶奶念過了。」

等待的過程中，母親悄悄說了一句。

「奶奶說了什麼？」

「她對你爸說，那是你寶貝女兒的男朋友，你不多關心一下，保證會後悔。」

「是這樣喔？」

「你奶奶還說，就算是一家人，以後也不見得有機會參與女兒的人生大事。」

「不見得有機會……什麼意思？」

「意思是，總有一天你會結婚生子，這或許是我們最後一次陪你做決定了。」

母親落寞地笑了。

「媽，不會啦。」

「好了，我們走吧。」

父親把票分給她們。

「我還是第一次拿月台票耶。」

「我也是。」

母女倆相視而笑。

總是一家人啊。

真帆想起了奶奶說過的話。

「先去最下層的副都心線吧，再慢慢往上找。」

三人接連搭了兩部電梯，往地下前進。

「這條線我沒搭過，也太深了吧。」

走在前頭的母親，回頭望著丈夫和女兒，一副很驚訝的語氣。

「副都心線是最晚建成的地下鐵，不挖這麼深，沒地方可以搭建月台吧。」

三人來到月台，正好列車也到站，頓時湧入大量的乘客。

「對不起呀。我先去前面看看，找到再跟你們說，你們慢慢走就好。」

美帆正要起跑，母親叫住她。

「現在人這麼多，用跑的很危險。不用擔心我，慢慢走就好。慢慢走，才不會漏看月台兩邊，反而比較有效率。」

父親也贊成母親的意見。

「對不起，謝謝你們陪我來。」

美帆再次向父母道歉。

海報在月台的中段，美帆遠在十公尺外就看到了。找到海報的那一刻，美帆感受到不小的衝擊，跟她第一次看到翔平的作品時一樣。

「怎麼了嗎？」

母親發現女兒腳步加快，便開口詢問。

「應該就是這張海報。」

美帆指著海報說道。

走近一看，上面確實有古典樂團的名稱，跟翔平在信中說的一樣。

「就是這張海報？」

「嗯，應該沒錯。」

三人站到海報前面，仔細端詳。

海報的大小，遠超出他們的想像。

黑色的背景，點綴著小小的金色光點，乍看之下猶如繁星。換個角度看，又好像女性的側臉或月亮，在嘴唇一帶，有一抹淡淡的嫣紅，宛如夜空中的一顆紅心。樂團名稱、表演地點、表演時間，同樣用金色字體，大小恰如其分。

這張海報眞漂亮，簡約，卻相當細緻。

「這是漆器吧。」

父親喃喃自語。

「咦？」

「乍看只是單純的圖畫，但應該是特別製作漆器，再拍攝加工的吧。」

聽父親這麼一說，美帆才發現海報角落有幾道很像雲彩的線條，應該就是漆器的光澤。

「眞的耶。爸，虧你看得出來。」

「確實，相當細緻呢。」

母親也表示讚賞。父親把手放在美帆的肩膀上。

「下次找他來我們家吧。我想問他這海報是怎麼做的。」

「咦？可以嗎？」

美帆不經意地望向母親。母親皺起眉頭，凝視著海報不說話。

「先見一面再說吧，到時候再拒絕也不遲。看了他的作品，我總覺得不給他一個機會，一定會後悔。」

聽父親這麼說，母親終於點頭了。

「伯父您眞有眼光。」

假日，翔平一身西裝，到御廚家拜訪。美帆的父親慧眼獨具，令他大爲訝異。

「沒錯，那其實是先找人製作漆器，拍攝照片後，再用繪圖軟體加工的。老實說，很花成本和時間，前輩和上司也罵我，幹嘛不用繪圖軟體做一做就好，但我認爲那樣缺乏深度。」

有人看出自己的用心良苦，翔平非常開心，說明時還激動地探出身子。但他立刻想起自己是在女友家作客，臉上露出害臊的笑容，喝了一口智子端來的茶。

「請問……這些技術，你是在大學學的嗎？」

智子坐到丈夫旁邊，問了這麼一個問題。智子本來不太歡迎翔平，但她也明白，今天的重點是了解對方的爲人。

「是的，我在大學學了所有的基本技術。另外，我進公司的這幾個月，也學到很多東西。都是最先進的技術，前輩的實力也無話可說，眞的學到很多。」

翔平心知肚明，美帆的父母知道他背負大筆債務，並不贊成他們交往。但他答話時依舊不卑不亢，似乎很享受這段對話時光。

「看樣子你的公司不錯。」

平常沉默寡言的父親，今天也比較健談。

「以前教授跟我們說，很多事情要等到出社會賺錢才學得到，這話一點也沒錯。公司很嚴厲，但也很願意教導新人。雖然工作忙，薪水又不高，不過做起來很有成就感，同事之間關係也不錯，對我幫助很大。」

父親點頭稱是。

「教授還告訴我們，只要薪水、工作內容、人際關係這三大要項中，有一項不錯，就可以繼續幹下去。如果這三項都不好，最好趁早辭職，否則精神會出問題。我們公司至少有兩項不錯，我也就不挑剔了。」

翔平抓抓腦袋傻笑，美帆的父母也被逗笑了。

美帆在一旁想起好多回憶。

他們剛開始交往時，美帆去新宿的服飾店買洋裝，回到家才發現，洋裝的下襬有一部分脫線沒縫好。她立刻拿回店裡要求退貨，店員卻裝死，不肯退貨。多虧翔平冷靜交涉，美帆才成功退貨。那次經驗讓她覺得翔平很可靠。

後來翔平開始工作，經過一番歷練，言行舉止變得更加精明幹練。只是交往後，他們多半在家約會，美帆才遲遲沒有注意到罷了。

「對了。」

母親和父親對看一眼，對翔平說道。

「我們想留你下來一起吃午飯，但我才剛出院沒多久，身體還不太靈活。」

「啊，美帆跟我說過。不好意思，這時還來打擾您休息。」

「別這麼說，是我們邀請你來的。所以啊，我們打算叫壽司或鰻魚飯來吃。翔平你想吃什麼？壽司還是鰻魚飯？不喜歡吃魚的話，想點別的也沒關係喔。」

翔平望向美帆，美帆也要他不用客氣。

「那……吃壽司好嗎？」

「好，就叫壽司來吃。」

附近的壽司店送來壽司以後，雙方對話依舊熱絡。

翔平聊起自己中學和高中時，參加了哪些社團活動，以及念美術大學的契機。美帆的父母則聊起女兒小時候是什麼樣的孩子……對話內容大致如此。

「這道湯是伯母您做的吧？」

翔平拿起旁邊的湯碗。

「啊，對，我也只做了這個。」

這或許是智子的一點心意吧。女兒論及婚嫁的對象，今天第一次來家裡，總得表示一下才行。

「很好喝，湯頭很棒。」

「平常我都是用高湯粉。今天要招待客人，特地用昆布熬湯頭。」

「原來是這樣。我媽廚藝不好，這種湯我只在餐廳喝過。」

翔平談起原生家庭的話題，美帆察覺自己的父母緊張起來了。

「……我聽美帆說了。」

母親放下筷子，正襟危坐。

「就是你就學貸款的事情。」

「這我知道。」

正在大快朵頤的翔平也放下了筷子。仔細一看，智子幾乎沒吃壽司。她表面上很平靜，其實非常緊張吧。

「我跟美帆的爸爸也談過了。」

智子和丈夫對看一眼，互相點了點頭。

「媽，現在不用談這個吧？」

「不是，美帆……」

「沒關係，我明白。」

翔平跳出來緩頰。

「我明白二位的掛慮，畢竟不是小數目，會擔心也應該。只是，這筆錢是我父母借來供我念書的，我認爲還是應該自己償還才對。」

翔平低下頭。

「對不起，如果二位反對我們交往，那也無可奈何。不過，可否給我一段時間呢？或許現在還不適合結婚，但我會趁這段時間盡快還清債務，或是想其他的方法處理。」

翔平說出了自己的計畫。

「得知就學貸款的事以後，我一直在思考該怎麼辦。我會搬到房租更便宜的地方，節省生活開銷，雖然省下的可能不多。我也會跟公司商量，同意我假日兼差……總之，我是打算再多兼一份工作還債。」

美帆的父母又對看一眼。

「原來你想到這麼遠了。」

「是，讓美帆等我，真的很不好意思。」

父親聽到這句話，便開口。

「智子，就告訴他們吧？」

父親的眼神，似乎在等待母親的認可。

母親點點頭。

「……其實我們也有打算。」

「什麼打算啊？」

美帆一顆心七上八下，生怕父母要說什麼可怕的事情。母親凝視女兒的眼睛，搖搖頭要她不必緊張。

「藉著這次機會，我們也談了很多。我也跟美帆的奶奶，也就是我母親商量過，那筆五百五十萬圓的債務，其中五十萬圓我們替你還，就當是給美帆的結婚資金。剩下的五百萬圓，先跟我母親借，你看怎麼樣？花十年的時間，把這筆錢還給我母親，利息算一％，每個月還四萬三千八百圓。當然也會請你寫借據。你們兩人都有工作的話，要還完這筆錢並不困難。況且，只要還十年，對你們的影響也比較小。」

「爸。」

美帆好久沒看到父親用如此堅定的語氣，說出這麼多話。

「不然，要多付兩百萬圓的利息，實在太不划算了。花十年還款，這樣就算未來幾年你們要生小孩，也可以趁開銷擴大之前把債還完。」

「等你們有了小孩，或是奶奶出了什麼狀況，到時再來商量要還多少吧。」

智子補充了一句。

「……為什麼你們願意幫我？」

翔平實在太過驚訝，甚至忘了表達謝意和歉意。

「我只是一個外人，為什麼你們願意為我做到這個地步？」
「美帆是我們的家人，是我們的寶貝女兒，我們希望她過得幸福快樂。」
母親的語氣有些哽咽。
「老實說。這筆錢……我們出的五十萬圓，還有奶奶借你們的五百萬圓，不是小數目。對我們家來說，這筆錢也是沉重的負擔。請你務必了解這一點，好好給美帆幸福。」
「爸、媽，謝謝你們。」
美帆低頭致謝。母親繼續說道。
「記得跟奶奶道謝，這是奶奶提的建議。」
「我想，你們也聽美帆說過了，我的原生家庭從沒對我付出這麼多關愛。所以，未來要是我對美帆有什麼不周到的地方，還請多多鞭策。」
翔平站了起來，深深一鞠躬。
「真的非常謝謝你們。對不起，讓你們操心了。這份恩情我一輩子不會忘記。」
「那美帆就拜託你了。」
美帆注意到，翔平也跟她一樣感動落淚。

……就學貸款一事，算是找到了解決辦法。

未來十年，我們會一起還這筆錢。這十年想必會過得很辛苦、很漫長吧。想到未來的事，我還是會感到害怕。

我們打算在奶奶家附近租一間房子，這樣每個月的還款日，去奶奶家拜訪也比較方便。

不過，奶奶倒是不怎麼在意還款的事情。

「現在這世道，能有一%的利息該偷笑啦。」奶奶眞是樂天派。

那麼，我又是如何說服自己的呢？

人生是一連串的經驗和機遇，負債也是一種經驗和機遇。

往後，我會把還債的經過，逐一向各位報告。

敬請期待。

人生總有許多不如意的事情。

人會老，會生病，不同的性別有不同的難處，時間永遠不等人……

從某種角度看，負債也只是其中一種不如意吧。因爲有負債就得不到幸福，這不是很奇怪嗎？懷抱希望也未嘗不可吧。

節儉和存錢是爲了過得更幸福。不能爲了節儉而節儉，爲了存錢而存錢。

這是奶奶告訴我的話，我由衷相信著。

圓神出版事業機構 Eurasian Publishing Group
先覺出版社 Prophet Press
www.booklife.com.tw
reader@mail.eurasian.com.tw

人文思潮 165

三千圓的用法：你的人生取決於你怎麼用這筆小錢

作　　者／原田比香
譯　　者／葉廷昭
發 行 人／簡志忠
出 版 者／先覺出版股份有限公司
地　　址／臺北市南京東路四段50號6樓之1
電　　話／（02）2579-6600．2579-8800．2570-3939
傳　　真／（02）2579-0338．2577-3220．2570-3636
副 社 長／陳秋月
資深主編／李宛蓁
責任編輯／劉珈盈
校　　對／林淑鈴．劉珈盈
美術編輯／金益健
行銷企畫／陳禹伶．黃惟儂
印務統籌／劉鳳剛．高榮祥
監　　印／高榮祥
排　　版／杜易蓉
經 銷 商／叩應股份有限公司
郵撥帳號／18707239
法律顧問／圓神出版事業機構法律顧問蕭雄淋律師
印　　刷／祥峰印刷廠
2023年9月　初版
2024年3月　4刷

SANZENEN NO TSUKAIKATA
By Hika HARADA

定價360元　ISBN 978-986-134-468-3

節儉和存錢是爲了過得更幸福。

不能爲了節儉而節儉，爲了存錢而存錢。

這是奶奶告訴我的話，我由衷相信著。

——原田比香，《三千圓的用法》

◆ **很喜歡這本書，很想要分享**

圓神書活網線上提供團購優惠，
或洽讀者服務部 02-2579-6600。

◆ **美好生活的提案家，期待為您服務**

圓神書活網 www.Booklife.com.tw
非會員歡迎體驗優惠，會員獨享累計福利！

國家圖書館出版品預行編目資料

三千圓的用法：你的人生取決於你怎麼用這筆小錢／原田比香 著；
葉廷昭 譯. -- 初版. -- 臺北市：先覺出版股份有限公司，2023.09
336 面；14.8×20.8 公分 --（人文思潮；165）
譯自：三千円の使いかた
ISBN 978-986-134-468-3（平裝）

861.57　　112011470